오늘 이 슬픔이
언젠가 우릴
빛내줄 거야

유튜버 새벽의 용기 충전 에세이

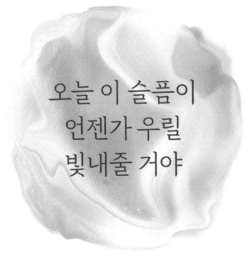

오늘 이 슬픔이
언젠가 우릴
빛내줄 거야

새벽 지음

위즈덤하우스

암은 제 인생의 전환점이 아닙니다

2019년 2월, 혈액암의 일종인 림프종 진단을 받았다. 일만 하기에도 24시간이 모자랄 만큼 바쁜 때였다. 고민 끝에 다시 카메라 앞에 앉았다.

"저와 비슷한 병을 가진 분들, 또 그 가족분들이 이 영상을 본다면 조금이나마 위로와 공감이 되지 않을까 생각했습니다. 그래서 제 치료 과정을 공개하기로 했습니다."

이 영상을 올린 후 많은 응원을 받았다. 다 잘될 거라며, 이 일이 인생의 전환점이 되지 않겠냐는 이야기도 들었다. 모두 고마운 말들이었다. 하지만 사실 암은 내 인생의 전환점이 되지 못했다. 왜냐하면, 어차피 나을 거니까! 반드시 완치하고 다시 건강해질 것이니까. 이렇게 믿으니 병은 더 이상 무서운 것이 아니었다.

처음부터 '항암치료 과정을 유튜브에 올리겠어!'라고 생각했던 것은 아니다. 하지만 병 때문에 그만두기에는 내가 유튜브 크리에이터 일을 너무 사랑했다. 집 안에만 있을 이유도 없었다. 암 환자라고 하면 흔히 병실에 누워 창밖에 떨어지는 나뭇잎만 바라보는 모습을 떠올리기 쉽지만, 실제로는 그렇지 않다. 컨디션에 따라 치료를 받으면서 회사에 다니는 사람도 얼마든지 있다. 게다가 나는 암을 멋있게 이겨낼 수 있을 것 같으니까, 그것도 보여주면 의미 있는 일이 되지 않을까?

그렇다고 해서 '내 영상이 사람들한테 큰 희망이 될 거야!' 하는 대단히 크고 야심찬 생각으로 시작한 것도 아니었다. (물론 그런 포부가 있었다면 정말 멋있었겠죠……?) 이렇게 이슈가 될 거라고도 생각하지 못했다. 그저 내가 하던 일을 하던 대로 계속하고 싶을 뿐이었다. 암이 내 인생의 전환점이 되지 않도록.

2020년, 나는 서른이 되었다. 기대하고 기다렸던 서른. 이렇게 말하면 안 믿을지 모르겠지만 서른이 되어 정말로 기쁘다. 많은 것을 이루었지만 그만큼 많은 시련을 주었던 이십 대를 벗어나니 다시 새로운 페이지를 넘기는 기분이다. 하고 싶은 것도 없고, 회사도 다니기 싫어서 취업을 포기했던 나. 좋아하는 것이 화장품이라 뷰티 블로그를 시작하고 유튜브 크리에이터로 활동하면서 많은 것이 바뀌었다. 여러 사람을 만나고 다양한 경험을 쌓으며 신나게 배우고 자랐다.

하지만 이십 대에 나에게 주어진 상황들은 미완성인 내가 감당하기에 버겁기도 했다. 빨리 이십 대를 일단락하고 좀 더 성숙한 내가 되어 새로운 시작을 맞이하고 싶다는 생각을 했다. 그래서 이십 대를 보내는 지금, 미련은 없다. 나는 지난 십 년을 탈탈 털어 다 써버렸다! 정말 열심히 살았고 열심히 부딪쳤다. 완전히 불태운 내 이십 대엔 이제 한 줌 아쉬움도 안 남는다. 이만하면 서른으로 넘어가도 되지 않겠습니까?

긴 터널을 빠져나온 것 같은 서른의 새벽을 기념하며 그간의 이야기를 이 책을 통해 정리해보려 한다. 영상으로 미처 전하지 못한 나의 고민과 어둠 그리고 희망을 이 책에 모두 담았다. 꿈이 없던 청년으로서, 크리에이터로서, 또 암 환자로서의 내 이야기가 더 많은 사람에게 가닿아 아주 작은 힘이라도 되었으면 하는 바람이다.

　나와 비슷한 상황에 있는 다른 사람의 이야기를 듣는 것만으로도 위로가 된다는 사실을 나도 투병을 하면서 알게 되었다. 나처럼 병마와 싸우고 있는 사람도 있을 것이고, 불안한 미래 혹은 불행한 상황 때문에 괴로워하는 이들도 있을 것이다. 나와 비슷한 경험을 하고 비슷한 감정을 느끼는 사람이 어디엔가 있다는 사실만으로도 우리는 많은 위로를 받는다. 저마다의 이유로 힘들어하며 혼자 울고 있을 누군가에게 이 책을 통해 말하고 싶다. 당신은 혼자가 아니라고. 그리고 당신은 소중하다고.

밤night_ 왜 하필 나에게 이런 일이

새벽dawn

취업을
포기합니다

오늘 이 슬픔이
언젠가 우릴 빛내줄 거야

×

고등학교를 졸업하고 본가인 부산을 떠나 서울로 대학을 오게 되었다. 그즈음 집안에 악재가 겹치면서 가세가 급격히 기울었다. 우리 가족 중 누구 하나 노력하지 않는 사람이 없었는데 상황은 자꾸 안 좋아지기만 했다. 언니는 이미 서울에서 고시원에 살며 대학을 다니고 있었는데 내 방값까지는 지원해줄 수 없는 형편이었다. 등록금은 학자금 대출을 받았지만 지낼 곳은 도저히 마련할 방법이 없었다.

맨몸으로 서울에 올라와서 언니가 지내는 고시원으로 갔다. 문제는 그 방이 1인실이었다는 거다. 나는 언니의 1인실에 숨어 살

왔다. 그러면 안 되는 거였지만 그때는 너무나 절실했고 그 외엔 다른 방법이 없다고 생각했다.

고시원 1인실은 정말 한 명이 침대에 누우면 딱 맞는 크기다. 나는 바닥에서 잤는데 언니랑 둘이 누우면 방이 틈 하나 없이 꽉 찼다. 꼼짝도 할 수 없었다. 어쩌다 둘이 투닥거릴 때도 마음 놓고 큰 소리 한번 내지 못했다. 더 힘든 건 화장실을 몰래 가야 한다는 거였다. 씻을 때는 언니와 시간 차를 두고 씻었고 생리현상도 눈치 보며 몰래몰래 해결했다.

그러던 어느 날이었다. 보통은 들킬까봐 언니와 같이 드나들지 않는데 그날은 어쩌다 보니 함께 집에 들어오게 되었다. 그런데 고시원 앞에서 주인아주머니와 딱 마주친 거다. 눈앞이 캄캄했다. 친구도 출입이 허용되지 않는 곳이었는데 우리는 심지어 장 본 것들까지 손에 들고 있었다. "아 맞다, 나 뭐 놓고 왔다." 순간 너무 당황한 나는 이렇게 말하며 손에 든 비닐봉지를 언니에게 던지다시피 안기고 재빨리 도망쳤다. 머릿속이 하얘져서 일단 그 상황을 모면해야겠다는 생각뿐이었다.

언니와 아주머니가 보이지 않을 때까지 달려간 뒤에 동네를 하염없이 걸었다. 고시원 주변을 돌고 또 돌고. 초초하게 휴대폰만 보던 중, 다행히 언니에게서 아무 일 없이 들어갔다는 연락이 왔다. 하지만 우리 마음까지 아무 일 없었던 건 아니었다. 조금 있다가 몰래 들어오라고 하면서 언니는 나보다 더 속상해했다. 아니다. 언니가 속상해하는 게 나는 더 속상했다. 눈에서 눈물을 뚝뚝 흘리면서도 언니에게 이런 문자를 보냈다.

"우리가 나중에 성공했을 때 이런 일 하나 없으면 재미없지. 이런 일들이 우릴 더 멋지게 만들어줄 거야."

그렇게 2~3년을 살았다. 그리 긴 시간 동안 들키지 않았다니, 신기한 일이다. 어쩌면 주인아주머니가 모르는 척해주신 게 아닐까 하는 생각도 든다. 어느 쪽이든, 늦었지만 지금이라도 죄송하다는 말씀을 전하고 싶다.

사실 이런 얘기는 이제껏 아무한테도 한 적이 없다. 가난은 절대 부끄러운 게 아니지만 어린 마음에 창피해서 친구들에게도 얘기하지 못했다. 그런데 이 책을 쓰면서 언니에게 말했다. 고시원에 숨어 살았던 얘기를 쓰려 한다고.

"내가 보냈던 문자 기억나? 언젠가 성공했을 때 이런 얘기가 우릴 더 빛내줄 거라고 했잖아. 그때가 지금 아닐까?"

물론 지금 내가 엄청나게 성공한 건 아니지만 그래도 우리 힘으로 일을 해서 인정받고 떳떳하게 살고 있으니까. 지금은 우리에게 그 시절의 얘기가 그렇게 아프지 않으니까. '아픈 기억도 언젠가 추억으로 얘기할 수 있는 때가 온다면'이라고 했던 그때가 바로 지금이 아닐까.

"내가 보냈던 문자 기억나?
언젠가 성공했을 때 이런 얘기가
우릴 더 빛내줄 거라고 했잖아.
그때가 지금 아닐까?"

새벽은
나의 시간

✕

가진 게 없던 스무 살의 나는 막연히 성공을 하고 싶었다. 성공하면 돈 걱정 없이 살 수 있겠지? 그런데 그 성공이라는 건 어떻게 하는 건지, 실마리조차 잡을 수 없었다. 답답한 마음에 성공에 관한 자기계발서들을 찾아보곤 했다. (게다가 당시 그런 책들이 아주 유행이었다!) 그러다 우연히 본 어떤 책에 일찍 일어나면 성공한다고 쓰여 있는 게 아닌가.

'아, 일찍 일어나면 성공이란 걸 하는구나.'

나는 성공에 대한 기준조차 없었으면서도 '그럼 해보지, 뭐'라고 생각했다. 그리고 즉시! 그다음 날부터 알람을 새벽 4시로 맞춰

놓았다. 항상 같은 시간에 일어나진 못했지만, 그때부터 대학 생활 내내 4시에서 6시 사이에 일어났다. 새벽에 일어나는 건 생각보다 그리 힘들지 않았다.

내가 생각해도 그때의 나는 참 단순했다. 그 말이 맞는지 아닌지 오래 생각하지 않았다. 이것저것 따지기 전에 일단 해보는 게 나라는 사람이었다. 해보지 않으면 바뀌지 않으니까! 단순한 예로 운동을 하면 몸이 건강해진다는 것은 누구나 다 알지만, 그걸 행동으로 옮겨야 건강을 얻을 수 있다. 행동하지 않으면 아무 일도 일어나지 않는다는 것을 나는 언젠가부터 자연스럽게 알고 있었던 것 같다.

이런 생각을 가지게 된 건 사실 타고난 재능이 없기 때문이 아닐까 싶다. 나는 뛰어난 재능이 있기보다는 어중간한 사람이라고 생각한다. 겸손이나 자기 비하가 아니라 정말로, 머리가 나빠서 공부도 못하고, 노래도 못하고, 그림도 못 그린다. 아, 운동도 못한다. 그리고 또 뭘 못하더라? 어릴 때부터 나는 남들보다 더 노력해야 겨우 평균 정도를 맞출 수 있었다. 조금만 나태해지면 고꾸라지곤 했다. 하지만 나의 이러한 타고남 없음이 더 많은 것을, 더 열심히 하게 만드는 것 같다. 어쩌면 이것이 내가 자라며 터득한 재능이자 생존법일까.

그러니까 너무나 성공하고 싶던 그때 일찍 일어나면 성공한다고 하니, 그래 어디 한번 해보자 싶었던 거다. 그렇게 단순하게 시작한 일이었다. 지금은 꼭 일찍 일어나야 성공한다고 생각하지도 않고 다른 사람에게 권할 마음도 없다. 그런데 이때의 경험이 내게 남겨준 소득이 있었다. 내가 새벽을 아주 좋아한다는 걸 알게 된 것이다. 성공 비법이랍시고 시작했는데 원래 취지는 어느새 잊었고 그저 새벽이 좋았다. 잠만 자고 있기엔 그 소중한 시간이 너무 아까웠다. 그래서 그 시간을 황금같이 썼냐면, 그렇지도 않다. 별 것 하지 않으면서 깨어 있던 때도 많았다.

아직도 생생히 기억하는 장면이 있다. 여름방학을 맞아 부산 본가에 잠시 내려가 있던 나는 매일 새벽 4시에 일어나 아빠와 함께 산에 올랐다. 그 시간에 산속은 엄청나게 캄캄하다. 그런데 조금 올라가다 보면 어스름한 빛이 세상을 깨우고 사물이 하나씩 선명하게 보이기 시작한다. 그 순간의 신선한 느낌을 사랑했다. 푸르스름한 하늘 아래에서 풀 냄새를 맡으며 산에 올랐다 내려오면 세상은 어느새 햇볕을 한껏 받으며 생기로 빛나고 있었다. 조용하고 차분하게, 그렇지만 선명하게 세상을 밝히는 것. 그것이 내가 사랑하는 새벽의 이미지다.

그래서 블로그를 시작할 때도, 유튜브를 시작할 때도 고민 없이 '새벽'이라는 이름을 정했다. 새벽은 나의 시간이고 나의 정체성이다. 스스로 부여한 새벽이라는 이름과 함께 내 인생도 새로운 빛으로 밝아오기 시작했다. 크리에이터 새벽의 출발은 어쩌면 '내일부터 새벽에 일어나자'고 결심한 그날 밤인지도 모른다.

지금도 여전히 새벽을 사랑하고 일찍 일어나는 것을 좋아한다. 창밖으로 물들듯 변하는 하늘 빛깔을 지켜보며 혼자만의 시간을 갖는다. 마치 세상에 나만 홀로 깨어 있는 것 같은 느낌, 너무나 외롭고 너무나 자유롭고 너무나 좋은 그 느낌. 일찍 일어났다는 사실만으로도 뿌듯하고 뭔가를 해냈다는 기분이 들기도 한다. 나에게는 참 귀한 시간이다.

몸이 아픈 뒤로는 생활의 중심을 푹 자고 잘 쉬는 데 맞추었지만, 가끔 새벽 해돋이를 볼 때면 '살아 있다'는 생각으로 마음이 벅차다. 그리고 내일도 떠오르는 해를 보고 싶다고 생각한다. 아니, 다짐한다.

새벽은 나의 시간이고 나의 정체성이다.
스스로 부여한 '새벽'이라는 이름과 함께
내 인생도 새로운 빛으로 밝아오기 시작했다.
크리에이터 새벽의 출발은 어쩌면
'내일부터 새벽에 일어나자'고 결심한
그날 밤인지도 모른다.

세상에 쓸데없는
경험은 없다

×

새벽에 일어나면 나는 자주 감사일기를 썼다. 왜 쓰기 시작했는지는 기억나지 않는다. 아마 그것도 어느 책에선가 보고 따라 해보자고 생각했을 것이다. 그때는 정말 감사할 일이라곤 하나도 없던 때였는데…….

나는 수능을 마치자마자 아르바이트를 시작했고 대학 4년을 졸업할 때까지 쉬지 않고 아르바이트를 했다. 집에서는 방 한 칸 얻어줄 형편도 안 되었으니 용돈은 당연히 내가 벌어야 했다. 과장을 좀 보태서 돈을 벌기 위해 나쁜 짓만 빼고 다 해본 것 같다.

집안 형편이 안 좋기도 했지만 어릴 때부터 얼른 어른이 되어

경제적으로 독립하고 싶다는 생각을 해왔다. 우리 부모님은 약간은 보수적이고 자식 걱정이 많은 분들이신데, 그런 부모님 말씀대로 살다 보니 좀 더 자유롭게 내 뜻대로 살아보고 싶은 마음도 생겨났다. 혼자 책임질 수 있는 일들을 최대한 혼자서 해내야 부모님께도 신뢰를 얻을 수 있고 당당하게 내가 생각하는 대로 살아갈 수 있다고 믿었다. 경제적인 독립을 먼저 해내야 정신적으로도 독립할 수 있겠다고 생각했다. 그래서 수능을 본 뒤로 단 한 번도 부모님께 용돈을 받아본 적이 없다.

그리고 부모님이 주신 돈은 왠지 함부로 쓰기가 힘들기도 했다. 나는 워낙 예쁘고 쓸데없는 것들을 좋아한다. 때론 과소비도 하고 싶고 충동구매를 할 때도 있다. 그런데 부모님이 주신 돈을 그렇게 쓰기에는 양심이 허락하지 않았다. 내가 번 돈으로 마음 편하게 소비를 하고 싶었다. 내가 버는 돈은 내 것이니까, 충동구매를 해도 책임은 내가 지는 거니까.

나는 욕심이 많아서 생활에 쪼들린다고 하고 싶은 걸 포기하고 싶진 않았다. 부지런히 아르바이트를 해서 사고 싶은 것도 사고 겉으로는 힘든 티를 내지 않으려고 했다. 한때는 친구들이 다들 영어학원에 다니는 게 너무 부러웠다. 그런데 영어학원에 등록하려면 당시에 하고 있던 일만으로는 부족했다. 그래서 단기 아르바이트를 찾았다.

그러다 발견한 것이 택배 분류작업 아르바이트. 3일짜리 단기 아르바이트였다. 오, 돈도 많이 주는데? 사실 '남자 구함'이라고 쓰여 있었는데 무슨 생각이었는지 무작정 찾아갔다. 이건 페이도 세니까, 포기할 수 없어! 거기서 일하는 아저씨들이 당황하면서 육체적으로 힘든 일이라 남자를 쓴다고 했지만 나는 씩씩하게 말했다.

"저 진짜 일 빨리 배우고요, 힘도 세고 정말 일 잘해요!"

아저씨들은 잠깐 기다리라고 하더니 사무실로 쓰는 컨테이너에 들어가서 회의(?)를 했다. 그리고 잠시 후, 나에게 기회가 주어졌다. 비교적 작은 택배들을 던져서 분류하는 일을 맡았다. 잘 조준해서 던져 넣어야 한다고, 간단한 교육을 받은 뒤에 작업에 투입됐다. 3일 동안 정말 열심히 했고 다행히 잘 해냈다.

영어학원 갈 돈을 모아서 고시원을 구하지 그랬냐고 묻는다면 할 말이 없다. 그러나 가난해도 남들 하는 거 해보고 싶고, 일상의 즐거움도 누리고 싶었다. 그런 욕심과 자존심은 나를 지탱해주고 동기부여를 해주는 힘이기도 했다.

아르바이트는 얼마든지 할 수 있었다. 밤낮없이 일했지만 다양한 일을 해볼 수 있어 즐거웠다. 아르바이트로 세상을 배웠다고 할 정도로 일을 하면서 많은 경험을 쌓았다. 세상에 얼마나 다양한 일이 있고 다양한 사람이 있는지 온몸으로 느꼈다. 일을 하고 돈을 버는 기쁨도 알게 되었다. 그런 경험이 분명 나를 더 단단하게 만들어주었으리라 믿는다. 무엇보다 내 힘으로 생활을 꾸려갈 수 있다는 자신감을 얻었다.

물론 가장 중요한 건 내 힘으로 돈을 벌어 쓸 수 있었다는 거다. 아르바이트를 오래 하면서 통장에 조금씩 돈이 쌓였는데, 그게 너무 신나고 즐거웠다. 당시 나는 한 달에 3만 원씩 남겨서 부자가 되겠다는 '귀여운' 포부까지 있었다. 그렇게 대학 4년 동안 부모님의 지원 없이 생활하면서 돈을 모아 부모님 용돈을 부쳐드리기도 했다.

돌이켜보면 모든 것이 감사하다. 고시원 하나라도 얻을 수 있어서 대학에 다닐 수 있었던 것도 감사하고, 몰래 사는 걸 들키지 않은 것(아니, 짐작건대 모르는 척해주셨던 주인아주머니께)도 감사하고, 아르바이트를 할 만큼 건강했던 것도 감사하다. 그래서 그때의 나는 감사일기를 썼나 보다. 어쩌면 감사일기는 감사한 일이 있어서 쓰는 것이 아니라 감사할 일을 찾고 싶어서 쓰는 건지도 모르겠다.

선택의 기준은
오직 나의 행복

✕

대학 3학년이 되면서 슬슬 취업을 고민하기 시작했다. 마침 좋은 기회가 생겨서 휴학하고 어느 홍보대행사에서 인턴십을 하게 되었다. 아르바이트는 수없이 해봤지만 회사에서 정식으로 일을 하는 건 처음이었다. 아침 9시에 출근해 저녁 6시에 퇴근하는 생활. 하루가 가고, 일주일이 가고, 시간은 꾸역꾸역 흘렀다.

아르바이트를 할 때는 아무리 이른 시간이라도 벌떡벌떡 잘만 일어나던 나인데, 웬일인지 아침마다 몸이 천근만근이었다. 단순히 회사에 가기 싫은 정도가 아니었다. 버스를 타고 출근하면서 창밖을 멍하니 바라보고 있노라면 이대로 회사에 갈 바에야 차라리 차로에 뛰어내리고 싶다는 생각까지 들었다.

'취직을 하면 계속 이렇게 살아야 하는 거야?'

나는 광고홍보학을 전공했다. 고등학교 때 성적에 맞춰서 내가 갈 수 있는 학교와 전공을 찾아보고 그중에 그나마 재미있을 것 같은 학과를 선택한 결과였다. 항상 창의적인 일을 하고 싶다고 생각해왔고, 전공 공부를 하면서 광고회사의 카피라이터나 크리에이티브 디렉터 같은 직업을 막연히 동경하게 되었다. 대학을 졸업하면 나도 당연히 어느 회사에 취직해서 일하게 될 거라고 생각했다.

하지만 막상 인턴십을 해보니 하나도 즐겁지 않았다. 일을 하면서 즐거운 사람이 얼마나 있겠냐마는 즐겁지 않은 정도가 아니라 괴로웠다. 대학 생활 동안 끊임없이 일해온 내가 아닌가? 아르바이트를 할 때는 이렇지 않았는데, 힘들어도 재미있게 일했었는데, 어찌된 영문인지 당황스러웠다.

나는 주로 몸을 움직이는 아르바이트를 했고 여러 가지 일을 하면서 재미를 느꼈는데, 좋게 말하면 안정적이고 어떤 때는 경직된 조직 생활은 나에게 맞지 않았던 것 같다. 이대로 취직을 해서 이렇게 몇십 년을 살아야 한다고 생각하니 갑자기 숨이 턱 막혔다.

인턴십이 끝나고 복학을 했다. 4학년이 되자 친구들은 본격적으로 취업에 나섰다. 친구들은 앞으로 달려나가는데 나만 어찌할 바를 모르고 출발선에 멍하니 서 있었다. 하고 싶은 것도 없고 꿈도 없었다. 꿈이 없다는 건 늘 콤플렉스였다.

'대체 나는 뭘 하고 살아야 할까.'

고민하는 동안에도 시간은 흘렀다. 친구들은 하나둘씩 진로를 결정했다. 그 모습을 보니 조바심이 났다. 부모님의 기대도 의식이 안 될 수가 없었다. 부모님과 떨어져 서울에서 대학을 다니고 있으니 더 잘 해내는 모습을 보이고 싶었다.

고등학교를 졸업하면 대학에 가고, 대학에 가면 취직을 한다. 아주 당연해 보였던, 한 번도 의심해본 적 없던 코스에 의문을 가지게 되었다. 만약 회사에 취직해서 돈을 벌면 나는 과연 행복할까? 답은 이미 알고 있었다. 그럴 것 같지 않았다.

인턴십을 해봐서 다행이었다. 덕분에 내가 직장 생활과 맞지 않는다는 것을 알게 되었고 당연하게 여겼던 취업에 대해 다시 생각해볼 수 있었다. 누군들 직장 생활이 적성에 맞아서 회사 다니냐고할지 모르겠다. 하지만 나는 내 행복을 위해서 위험을 감수하기로했다. 그 당시 내 월수입은 아르바이트비 50만 원. 오케이, 콜! 이거면 굶어 죽진 않겠네! 아무리 가난해도, 계속 아르바이트만 하며 살더라도, 내가 하고 싶은 일을 찾기로 했다. 내가 행복해질 수 있는 길을 더 찾아보기로 했다.

내 선택의 기준은 언제나 나 자신의 행복이다. 어떻게 했을 때 내 기분이 더 좋을까 하는 것만 생각한다. 어차피 사람이 살면서 하는 결정 중에 100퍼센트 옳은 결정은 없다. 당장은 옳은 선택처럼 보인다 해도 나중에는 후회할 수 있다. 그렇다면 어떤 후회가 좀 더 달콤할지 생각한다. 이때도 기준은 오로지 나. 부모님의 딸도 아니고, 누군가의 제자도 아니고, 누군가의 여자친구도 아닌 오로지 나를 기준으로 삼으려고 애쓴다.

문제는 내가 진짜로 원하는 게 뭔지 헷갈릴 때가 있다는 거다. 그럴 때 꽤 쓸모 있는 나만의 방법이 있는데 바로 주변 사람들에게 조언을 구한다고 '상상'하는 것이다. 먼저 마음속에 믿을 만한 친구 한 명을 떠올리고 "회사에 취직해야 할지, 좀 더 내 것을 찾아봐도 될지 잘 모르겠어"라고 말하는 상황을 그려본다. 다음으로는 친구에게 대답을 듣는 상황도 상상해본다. 이때, 내 기분을 잘 관찰하면 내가 정말 원하는 게 뭔지 알 수 있다. 친구가 "그래도 취직을 해야 안정적이지"라고 말한다면, 그 수밖에는 없나 싶고 뭔가 해결되지 않은 듯한 느낌이 들었을 것이다. 반면에 "시간은 있으니까 너한테 맞는 일을 천천히 찾아봐!"라는 말을 듣는다면, '이거다!' 싶지 않았을까?

　나를 포함해서 많은 사람들이 고민을 할 때, 사실은 알게 모르게 마음속에 기우는 쪽이 있다. 우린 모두 '답정너'이면서 확신을 갖기 위해 다른 사람에게 묻는다. 내 마음을 나도 알기가 어려우니까. 그럴 때 나 자신과 대화하며 내가 정말 원하는 게 뭔지 곰곰이 생각해보면 내 마음이 기우는 쪽을 찾아낼 수 있다.

　그런데 이때는 굳이 상상해보지 않아도 확실히 알 수 있었다. 회사에 다니는 건 분명히 싫었다. 그러니 회사에 다니지 않고 살아갈 길을 모색할 수밖에. 물론 부모님이 어떻게 받아들이실지도 너무 걱정됐다. 그래서 나는 부모님께 최대한 씩씩하게 이렇게 말했다.

　"엄마 아빠는 내가 행복해지길 바라잖아. 좋은 데 취직해서 돈을 많이 벌어도 안 행복하다면, 거지같이 살아도 이게 행복하다면 이걸 택하는 게 맞지 않을까?"

　부모님도 처음엔 걱정하셨지만 내가 4년 동안 아르바이트하며 스스로 살아내는 걸 보셨기 때문에 결국엔 나를 믿어주셨다. 타지에서 살아남으며 나 또한 내가 생활력이 꽤 강하다는 걸 알게 되었고, 어떻게든 살아갈 수 있다는 자신감도 있었다. 그래서 아주 단호하게 결정했다.

취업 안 하기로 했습니다!

아무리 가난해도,
계속 아르바이트만 하며 살더라도,
내가 하고 싶은 일을 찾기로 했다.
내가 정말 행복해질 수 있는 길을 더 찾아보기로 했다.
선택의 기준은 언제나 나 자신의 행복이니까.

인생을
내 뜻대로 사는 방법

×

취업에서 손을 놓고 나니 시간이 많아졌다. 4학년 때는 다들 구직 활동을 하느라 수업 시수도 적어서 시간이 남아돌았다. 그때 눈에 띈 게 블로그였다. 블로그가 한창 '핫'할 때였고 화장품에 관심이 많던 나는 뷰티 관련 블로그를 즐겨 봤다. 한참 블로그들을 보다 보니 나도 해보고 싶다는 생각이 들었다.

'나도 블로그 한번 해볼까?'

마침 언니가 다니던 홍보대행사에서 화장품 홍보를 자주 했던 터라 언니가 화장품 샘플을 가져다주곤 했다. 그래, 해보는 거야! 바로 샘플을 리뷰하는 포스트를 올리기 시작했다. 맨날 아르바이트만 하고 취미라곤 없던 나에게도 드디어 취미가 생긴 것이다.

샘플을 리뷰하면서 자연스럽게 메이크업을 하는 포스트도 올렸다. 처음 올린 글은 어색하기 그지없었다. 그도 그럴 것이 나는 메이크업은 물론이고 미술도 어디 가서 배워본 적이 없다. 그러니 다른 사람에게 설명하는 건 더 서투를 수밖에. 심지어 화장품을 처음 갖게 된 것도 수능을 본 이후였다.

나름 이리저리 메이크업 연습하는 걸 좋아했기 때문에 어느 정도 스킬은 있었지만 공개된 블로그에 포스팅하기에는 턱없이 부족하게만 느껴졌다. 그래서 본격적으로 엄청나게 연습하기 시작했다. 아이라인을 어찌나 그리고 지웠던지 눈 주위가 빨갛게 짓물러서 아이라인이 안 먹을 정도였다. 그렇게 연습을 했더니 점점 테크닉이 늘어갔다.

나에게는 항상 뭔가를 표현하고 싶은 욕구가 있었는데 아쉽게도 음악이나 미술에는 소질이 없었다. 그런데 메이크업만큼은 연습하는 대로 조금씩 만족스러운 결과가 나왔다. 실력이 느는 게 눈에 확확 보이니까 그 재미에 메이크업에 더 몰입했던 것 같다.

물론 그냥 메이크업을 하는 것과 포스트를 쓰는 것은 또 천지 차이다. 단계별로 메이크업을 하고 사진을 찍고 보정하고 글을 쓰고⋯⋯. 처음에는 메이크업 튜토리얼을 하나 포스팅하는 데 꼬박 열두 시간이 걸렸다. 그래도 간단한 리뷰를 포함해서 하루에 두 개씩은 포스팅을 했다.

하지만 그러면 뭐 하나, 아무 반응이 없는걸(한숨). 누가 보긴 하는 건지(먼 산). 마치 허공에다 소리치는 것 같은 기분이었다. 안 되겠다 싶어서 인터넷에서 메이크업 관련 카페를 찾았다. 그런데 어떤 뷰티 카페에서는 리뷰를 잘하면 좋은 화장품을 선물로 준다고 하네? 이거다! 그게 어찌나 탐이 났던지. 그래서 열심히 리뷰를 올렸다. 그러다 보니까 어느 날 카페 메인에 내 리뷰가 걸려 있는 게 아닌가!

그렇게 블로그를 운영했다. 블로그에 글을 쓰는 게 너무 재미있었기 때문에 다른 생각은 들지 않았다. 내가 만든 콘텐츠로 공간을 꾸며간다는 보람도 있었고 잘하고 싶었다. 자는 시간도 아까웠다. 아니, 잠도 안 올 만큼 흠뻑 빠져 있었다.

문제는 아무리 열심히 해도 글 쓰는 실력이 나아지지 않는다는 점이었다. 블로그의 때깔은 갈수록 나아졌지만, 나는 더 좋은 글로 리뷰를 하고 싶었다. 다른 유명 블로그들을 찾아다니고 내 글에 없는 부분이 무엇인지 분석하면서 보완할 방법을 찾아갔다. 메이크업 테크닉도 날로 늘었다. 메이크업을 더 잘하고 싶어서 아카데미에 다니기도 했다. 그러면서 점차 내 콘텐츠를 발전시켜나갔다.

당시에 뷰티 블로거 중 내가 선망하던 사람이 있었다. 오랫동안 잘해온 블로거인데 나도 그녀의 팬이었다. 그분의 블로그를 보면서 참 많이 부러워했다. 당시에는 '인플루언서'라는 말은 없었지만 그분은 정말 큰 영향력을 가지고 활동하고 있었다. 그분이 해외로 출장 갔다는 소식을 보면서 '블로거가 저런 일도 하는구나' 하고 신기해하기도 했다. 그리고 '나도 언젠가 저 언니랑 같이 일할 날이 있을까?' 하고 꿈꾸기 시작했다.

꿈꾸었던 날은 생각보다 일찍 찾아왔다. 배우고 익히며 꾸준히 블로그를 이어간 지 한 달쯤 되었을 때, 첫 유료 광고 제안이 들어왔다. 이제 전기 요금 정도는 내가 낼 수 있게 된 것이다! 6개월이 지나자 유료 광고로 번 돈이 직장인 친구들의 월급을 따라잡았다. 입소문이 나고 포털사이트 메인에도 몇 번 걸리더니 점점 더 많은 사람이 내 리뷰를 좋아해줬다. 코스메틱 기업의 행사에 초대받기도 했고 부러워만 했던 해외 출장도 가게 되었다. 모든 일이 정신없이 이어졌다.

그러던 어느 날, 행사에 참석해 주변을 둘러보는데 모니터 너머로 늘 봐왔던 익숙한 사람이 눈에 들어왔다. 그 블로거였다. 내가 그분과 같은 자리에 초대받았다니! 아, 그 순간 나는 꿈꾸던 자리에 서 있었다.

그 후로도 블로그로 인한 일들은 점점 더 바빠졌다. 곧 하고 있던 아르바이트와 병행할 수 없을 만큼 일이 많아졌고 나는 결국 아르바이트를 그만두었다. 전업 블로거가 된 것이다.

앞에서도 말했지만 나는 타고난 재능이 뛰어나지는 않다. 그나마 재능을 꼽자면 뭐든지 열심히 하는 것 아닐까. 학교 다닐 때도 공부를 엄청 열심히 했다. 성적이 안 나왔을 뿐이지. 고등학교 때는 수학에서 9점을 받은 적이 있다. 성적표를 보고 엄마가 물었다.

"딸, 이거 10점 만점이야?"

"무슨 소리야. 당연히 100점 만점이지."

나는 당당하게 대답했다. 당당할 수밖에. 나는 열심히 했으니까. 엄마는 "우리 애는 머리는 좋은데 노력을 안 해서……"라는 흔한 말도 한번 하지 못했다.

어려서부터 공부를 아무리 열심히 해도 성적이 오르지 않는 걸 보면서 인생은 내 뜻대로 되지 않는다는 걸 이미 깨달은 게 아니었을까. 없는 재능을 만들 수도, 세상을 바꿀 수도 없으니 나는 그저 열심히 할 뿐이었다. 나 자신에게 당당하기 위해서. 인생이 내 뜻

대로 되지 않는다고 해도 그 순간 최선을 다해야 후회하지 않을 테
니까.

　블로그도 그랬다. 재미있는 일이었기에 잘하고 싶었고, 잘하고
싶었기에 열심히 했다. 그저 꾸준히 했을 뿐인데 삶이 조금씩 내
가 원하는 방향으로 흘러가기 시작했다. 그걸 실감한 순간부터 노
력과 성실은 배신하지 않는다는, 너무나 진부한 말을 다시 믿게
되었다.

그저 꾸준히 했을 뿐인데
삶이 조금씩 내가 원하는 방향으로
흘러가기 시작했다. 그걸 실감한 순간부터
노력과 성실은 배신하지 않는다는.
너무나 진부한 말을 다시 믿게 되었다.

아무것도 걸지 않으면
아무것도 얻을 수 없다

✕

마지막 학기를 다닐 때다. 어느 수업에서 교수님이 학생들에게 각자 자신의 꿈이 뭔지 이야기해보라고 했다. 내 순서가 왔을 때 말했다.

"저는 취직하지 않고 지금 하고 있는 블로그를 잘 키워서 1인 미디어로 성장하고 싶어요."

1인 미디어라는 개념이 생긴 지 얼마 안 된 때였고 사실 나도 다른 미디어 관련 수업에서 주워들은 말이었다. 그래도 고민 끝에 내린 결론이었는데, 내 말을 들은 교수님 표정이 좋지 않았다. 잠시 침묵이 흐른 뒤 교수님은 이렇게 말했다.

"음식점에 가면 인테리어는 진짜 잘되어 있는데 음식은 맛없으면 재수 없어, 그치?"

인테리어는 잘되어 있는데 맛은 없는 가게. 그건 곧 겉만 화려하지 실속 없고 본질을 잃은 것을 뜻하는 말이었다. 교수님은 내가 뷰티 블로그를 하고 있다는 걸 알고 계셨다. 말 그대로 '어르신'이셨던 그 교수님 눈에는 내가 '허세 가득하고 겉을 꾸미는 데만 혈안이 된 머리 텅 빈 애'로밖에 안 보인다는 걸 느낄 수 있었다. 똑 부러지게 대답하지 못하면 교수님 말을 인정하는 것 같아 괜히 목소리에 힘이 들어갔다.

"그렇죠. 그럼 너무 재수 없죠. 그래서 저는 디자인도 예쁘고 음식도 맛있는 집 만들려고요."

다른 광고 수업에서는 '이제 1인 미디어가 대세'라고 가르쳤는데, 그런 시대에 맞게 뭔가를 해보려고 하니 한심하게만 본다는 사실이 아이러니했다. 뷰티나 패션을 다루면 마냥 가볍다고 생각하는 걸까. 섭섭하고 속상했다. 그리고 오기도 나기 시작했다!

재미있어서 시작하긴 했지만 그렇다고 해서 블로그를 가볍게 생각하지는 않았다. 포스트 하나하나를 올릴 때마다 무거운 바위를 옮기는 것처럼 온 힘을 다했다. 내 블로그를 봐주는 사람이 늘고 돈을 벌게 되면서부터는 점점 더 큰 책임을 느꼈다. 이제 포스팅은 내 '일'이 되었다. 블로그는 나에게 놀이이자 일이고 취미이자 직업이었다.

지금은 교수님이 나를 어떻게 보실까. 여전히 나를 겉만 번지르르한 식당으로 볼까 아니면 맛집으로 인정할까. 분명한 것은, 보기에 좋고 내용도 좋은 1인 미디어를 만들고 싶다는 생각은 처음부터 지금까지 변함이 없었다는 사실이다. 그리고 앞으로도 그럴 것이다.

교수님에게 말한 대로 친구들이 회사에 다니는 동안 나는 방구석에 틀어박혀 블로그를 했다. 블로그 하는 재미에 너무 빠져 있어서 주변을 보고 비교할 틈도 없었다. 그저 블로그를 하고 있는 게 의심의 여지 없이 너무나 맞는 일이라고 생각했다. 이렇게 좋아하는 일이 있다는 것만으로도 충분히 행복했다.

흔히 말하는 '파워블로거'로 자리를 잡고 수익도 늘어나면서 오히려 취직한 친구들이 나를 부러워하기 시작했다. 하지만 곱지 않은 시선도 많았다. 당시 파워블로거의 영향력이 강해지면서 파워블로거라는 지위를 악용하는 사람들이 생겨났다. 제품이나 서비스를 무료로 혹은 과도하게 요구해서 '구걸하는 블로거'라는 뜻으

048

로 '블로거지'라고 불리기도 했다.

그러다 보니 파워블로거라고 하면 비아냥대는 사람이 많았다. "파워블로거세요?" 하면서 코웃음을 치기도 했다. 쉽게 돈을 번다는 인식도 있었다. 더군다나 뷰티와 관련된 블로그를 하다 보니 한없이 가볍게만 보는 시선은 계속해서 나를 따라다녔다.

친구들이 보기엔 내가 편하게 사는 것처럼 보였을 수도 있다. 좋아하는 일을 즐겁게 하며 돈까지 버니 운이 좋은 사람인 건 분명하다. 하지만 열심히 노력해서 취직을 한 친구들도, 위험을 감수하고 블로그를 시작한 나도, 각자 자신이 선택한 일이다. 어떤 선택을 하든 책임이 따른다. 나도 마찬가지였다. 나는 안정적인 수입과 예상 가능한 일을 포기했기 때문에 매일 불안에 시달려야 했고 그런 상황은 지금도 여전하다. 그래도 나는 내가 한 선택을 책임질 각오가 되어 있었다.

어쩌면 나는 인생을 걸고 도박을 한 것인지도 모른다. 하지만 아무것도 걸지 않으면 아무것도 얻을 수 없다고 생각했다. 취업을 못 하면 평생 아르바이트만 할 수도 있다는 걸 알고도 이 길을 선택했다. 나는 안정감과 소속감을 희생해서 내 인생을 걸었고, 다행히 운이 좋아서 좋은 결과를 얻었다.

어쩌면
나는 인생을 걸고 도박을 한 것인지도 모른다.
하지만 아무것도 걸지 않으면
아무것도 얻을 수 없다고 생각했다.
취업을 못 하면 평생 아르바이트만 할 수도
있다는 걸 알고도 이 길을 선택했다.
나는 안정감과 소속감을 희생해서 내 인생을 걸었고,
다행히 운이 좋아서 좋은 결과를 얻었다.

나를 둘러싼 편견은 언제나 나를 따라다녔고 지금도 그렇다. 하지만 남들이 씌워놓은 틀에 얽매일 필요는 없다. 그때나 지금이나 나 스스로에게 떳떳하고 솔직하게 해나간다면 그런 시선이 나를 크게 흔들어놓지는 못한다. 유튜버로서 나를 보는 여러 가지 시선에 익숙해지면서 좀 더 의연해지고 여유를 가질 수 있게 되었다. 다른 사람의 생각을 바꿀 순 없다. 다만 내가 할 수 있는 건 내 일을 열심히 하고 좋은 콘텐츠를 만드는 것뿐이다. 이제까지 해왔듯이 차근차근 내 존재를 입증해가는 일뿐이다.

낯선 설렘을
즐기다

×

생각보다 빨리 뷰티 블로거로 자리를 잡았고 웬만한 직장인 월급 정도는 벌게 되었다. 이제 걱정이 없……을 줄 알았는데 그렇지가 않았다. 상황이 좋아지고 안정이 되자 이상하게도 열정이 서서히 시들해졌다. 그리고 고민과 불안이 고개를 들었다. 처음부터 블로 그를 직업으로 삼으려고 시작한 건 아니었는데 어쩌다 보니 직업 이 되어버렸다. 아무것도 없던 때는 블로그를 하는 것 자체가 즐 거웠는데 성과를 이루게 되니 그걸 잃을까봐 불안해졌다. 사람들 이 더 이상 내 블로그를 안 찾으면 어떡하지? 언제까지 이걸 해서 먹고살 수 있을까?

그래도 대학에서 미디어를 공부한 내가 아닌가. 분명 블로그 다음에 어떤 새로운 흐름이 있을 것이라는 생각이 들었다. 그게 뭘까? 나는 뭘 해야 할까? 자려고 누우면 그런 고민으로 머릿속이 시끄러웠다.

화장품 리뷰를 사진으로만 하자니 한계를 느낄 때도 있었다. 화장품 제형을 좀 더 생생하게 보여주고 사용하는 방법을 자세히 알려줄 수 있는 방법이 없을지 고민이 더해졌다. 그러다 떠오른 것이 영상이었다. 결심까지는 금방이었다. 그래, 영상을 찍자! 그런데 영상을 찍으면 어디에 올려야 하지?

실마리는 의외의 장소에서 풀렸다. 그즈음 한 뷰티 애플리케이션 회사에서 연락이 와서 담당자를 만날 일이 생겼다.

"혹시 영상 만들어볼 생각 없어요?"

"어! 안 그래도 저 영상 만들려고 해요!"

역시 미디어의 흐름이 영상으로 이어질 거라는 생각을 나만 한 건 아니구나 싶었다. 그 회사에서는 내 영상의 송출권을 사서 자신들의 뷰티 앱에 소개하고 싶다고 했다. 그러려면 일단 영상을 '유튜브'에 올려야 한단다.

"유튜브요?"

나는 이때 유튜브의 존재를 처음 알았다. 집에 와서 찾아보니 외국 영상이 훨씬 많은 게 아닌가. 그렇다면 곧 우리나라에서도 유튜브를 많이 쓰게 되겠지? 이제 대세는 영상, 즉 유튜브가 될 것 같다는 촉이 왔다. 그래, 유튜브를 시작해보자!

애플리케이션 회사와 미팅을 할 무렵 나는 영상 공부를 하느라 고군분투 중이었다. 그때까지만 해도 영상 촬영이나 편집에 대해 아는 바가 전혀 없었다. 대학 때 영화 동아리에서 배우 역할을 해서 영상이라는 매체가 낯설지는 않은 정도? 그래도 그 덕에 영상을 마냥 어렵게 느끼지는 않았던 것 같다. 그냥 찍어서 올리면 되는 거 아닌가?

내가 누군가. 한번 꽂히면 못해도 무조건 열심히는 하는 새벽 아닌가. 영상 편집에 관해서 하나하나 인터넷에 묻고 찾아보기 시작했다. '영상 어떻게 불러오나요?', '이런 효과는 어떻게 내나요?' 기초적인 것조차 인터넷에서 일일이 묻고 찾아가며 공부했다. 포털사이트가 사람이었다면 나한테 질문 좀 그만하라고 했을 것 같다. 그렇게 3일 밤을 꼬박 새워서 영상 하나를 만들어 올렸다. 드디어 첫 뷰티 영상이 완성된 거다! 지금 보면 너무나 허접하지만 솔직히 말하면 그때는 나름 잘했다고 생각해서 올린 거였다(……).

영상으로 새로운 도전을 하면서 사그라지던 열정에 다시 불이 붙었다. 내가 모르는 분야고 새로운 세계니까. 그 낯섦은 설렘으로 변해 나를 자극했다. 그렇다고 블로그를 버려두지는 않았다. 처음으로 내 일의 가능성을 열어준, 그동안 열심히 가꿔온 블로그는 너무나도 소중했다. 블로그와 유튜브를 병행하고 콘텐츠에 따라 사진과 영상 모두를 찍어 각 플랫폼에 올리기도 했다. 또 한 번 새로운 도전이 시작되었다.

Beauty in me
Play Beauty

아 제가 오늘은 클렌징 하는 모습을 보여드릴려고 해요.
(새벽이라 목소리 차분차분)

2014년 2월 4일에 올린 첫 영상. 클렌징하는 모습을 담았는데,
화질과 화면비율을 보니 편집에 실수가 있었던 것 같다.
자막도 그렇고 너무 허접해서 부끄럽지만 이 또한 나의 역사니까.

말하는 대로
이루어진다

과거가 부끄럽다면
그만큼 성장한 거다

×

혼자서 영상 편집을 공부하고, 배운 것을 써먹어 보고……. 학습과 실전을 반복하는 나날이 계속되었다. 밤새 컴퓨터 앞에서 머리를 싸매고 있는 내가 안쓰러웠던지 언니가 영상 편집 학원에 등록해주기도 했다. 고작 한 달이었지만 학원에 다니면서 부지런히 영상을 찍었고 서서히 영상의 질도 좋아지기 시작했다. 촬영 장비도 미러리스 카메라를 거쳐 1년쯤 지났을 때는 DSLR로 바뀌었다.

장비가 좋아지고 편집 기술도 늘면서 영상 만드는 재미에 더욱 빠져들었다. 어떻게 편집을 하고 어떤 배경음악을 선택하느냐에 따라 내 이미지나 영상의 분위기가 확확 바뀌는 게 어찌나 신기하고 재미있던지! 매일 아침부터 밤까지 컴퓨터 앞에 앉아서 시간 가는 줄 모르고 몰두했다.

그런데 영상 편집은 기술만으로 되는 게 아니었다. 적절한 효과와 음향을 고르는 건 센스의 영역이었고 센스에도 훈련이 필요했다. 잘 만든 영상을 참고하는 게 확실히 도움이 되었다. 그래서 나의 휴식은 언제나 영상을 보는 시간들로 채워졌다. 영화나 광고를 보면서 화면전환을 어떻게 하는지, 편집은 어떻게 했는지, 자막은 어떻게 썼는지 등을 눈여겨보는 것이다. 그러다 보면 어떤 영상을 보든 그 자체로 즐기기보다는 일이 되어버렸지만 그래도 그 과정들이 너무나 즐거웠다.

영상 외에도 다양한 책, 전시 등의 매체를 경험하면서 감각을 키우려고 노력했다. 전시를 볼 때면 '이 색감, 영상에서 쓰면 예쁘겠다'라고 생각한다든지, 무엇이든 영상과 연결해 생각하고 어떻게 하면 적용해볼 수 있을까 궁리하는 버릇이 들었다.

배경음악도 마찬가지로 음악을 많이 들어보는 게 도움이 된다고 믿는다. 그래서 지금도 쉴 때 음악을 들으며 좋은 배경음악을 찾곤 한다. 때로는 한 영상의 배경음악을 찾는 데만 5시간씩 쓰기도 했는데, (일과 쉼의 경계가 뭔지는 나도 잘 모르겠지만) 영상의 질을 높여줄 배경음악을 찾는 일은 나에게 큰 즐거움이었다.

지금 생각하면 나는 정말 무모할 정도로 아무 준비도 없이 유튜브를 시작했다. 내가 워낙 단순한 사람이기도 하지만 잘 몰랐기 때문에 오히려 용감하게 도전할 수 있었던 것 같다. 만약 내 편집 실력이 부끄럽다고만 생각했다면, 그래서 편집 기술을 마스터한 다음에 시작하겠다고 마음먹었다면 지금까지도 준비만 하고 있지 않을까.

간혹 장비를 완벽하게 갖추고, 편집 실력도 훌륭하게 쌓은 뒤에 유튜브를 시작하겠다는 사람들이 있다. 하지만 완벽한 영상이란 없다고 생각한다. 스스로를 '완벽하다, 훌륭하다'라고 생각하기란 좀처럼 쉽지 않다. 여느 창작물이 그렇듯 만들어놓고 보면 언제나 아쉽기만 하다. 나도 내 예전 영상들을 보면 부끄럽다. 지금의 영상도 나중에 보면 아마 부끄럽겠지. 하지만 과거의 결과물이 부끄럽게 느껴진다는 건 그만큼 내가 발전했다는 뜻이기도 하다. 발전하는 나의 모습이 서사를 이루고 그 서사를 지켜본 구독자들은 나를 더 신뢰하고 친근하게 느끼는 것 같다.

거의 '무'에 가까운 상태에서 영상을 만들기 시작하면서 마음처럼 잘되지 않아 답답할 때가 많았다. 하지만 유튜브를 계속해나가면서 사람들이 꼭 때깔 좋은 영상만을 원하는 건 아니라고 느꼈

어느 정도 준비가 되어 있다면
완벽하지 않다는 이유로 겁먹지 말고
도전해봤으면 좋겠다.
일단 시작하면 직접 해보기 전에는
보이지 않던 것들이 눈에 보인다.
물론 작은 실패와 실수가 이어지겠지만
그런 것들이 나를 성장시키는 게 아닐까?

다. 영상의 퀄리티도 중요하지만 더 중요한 건 콘텐츠가 얼마나 재미있는지, 얼마나 짜임새 있는지 등이 아닐까. 온갖 효과를 동원한 화려한 영상이라도 별 내용이 없거나 와닿지 않는 콘텐츠라면 사람들의 마음을 잡아둘 수 없다.

꼭 유튜브뿐만이 아니라 지금 무언가를 시작해볼까 망설이고 있다면, 일단 해보라고 얘기하고 싶다. 그렇다고 무모한 도전이 되면 안 되겠지만, 어느 정도 준비가 되어 있다면 완벽하지 않다는 이유로 겁먹지 말고 도전해봤으면 좋겠다. 일단 시작하면 직접 해보기 전에는 보이지 않던 것들이 눈에 보인다. 물론 작은 실패와 실수가 이어지겠지만, 그런 것들이 나를 성장시키는 게 아닐까?

세상 모든 것이
콘텐츠다

×

항상 뭔가를 표현하고 싶은 욕구가 강했지만 특별한 재주가 없던 나는 유튜브라는 매체를 만나 나 자신을 도구로 마음껏 표현할 수 있게 되었다. 화장품 리뷰도, 메이크업 튜토리얼도 '나'를 활용하여 효과적으로 보여줄 수 있었다.

시간이 지나면서 화장품 리뷰와 메이크업 튜토리얼 외에도 내 일상을 콘텐츠로 만들어 영상에 담았다. 하루 종일 머릿속엔 온통 영상에 관한 생각이 가득했고 그러다 보니 생활 속 모든 것이 영감이 되었다. 카페에 가고 친구를 만나고 간혹 여행을 하는 지극히 평범한 내 삶이 모두 소재였다. 예를 들어, 여행지에서 본 석양에 마음을 빼앗겼을 때는 '이걸로 메이크업을 만들면 어떨까?'라는 생각이 따라왔다. 그래, 석양 메이크업! 그렇게 메모를 해두고 사진도 찍어놓는다. 또 어느 날은 친구들과 카페에서 새로 산 화장품을 보여주며 놀았는데 너무 재미있는 거다. 그러면 '친구들의 파우치를 구경하는 콘텐츠를 찍으면 어떨까' 하는 생각이 떠오르고 그걸 영상으로 만든다.

어떻게 보면 아이디어는 온 세상에 깔려 있는 것 같다. 내가 찾아주기를 기다리며 숨어 있는지도 모른다. 그러니 눈을 크게 뜨고 감각을 깨운 채 주변을 둘러봐야 한다. 세상엔 예쁜 것, 즐거운 것, 영감을 주는 것들이 가득하니까. 그래서 나는 세상이 주는 좋은 것들을 놓치지 않으려고 안테나를 높이 세운다. 책을 꾸준히 읽고 영화나 영상, 전시도 보고 여행도 다닌다. 한때는 집에 틀어박혀서 미친 듯이 일만 할 때도 있었다. 그런데 어느 순간 머릿속이 텅 빈 것처럼 아무것도 떠오르지 않았다. 역시 인풋이 있어야 아웃풋이 나오는 법! 그렇게 느낀 뒤로 시간을 억지로 내서라도 바지런히 돌아다니고 다양한 것을 많이 접하려고 노력해왔다.

이처럼 특별히 제한을 두지 않고 다양한 영상을 만들지만 영상을 만들 때 나름대로 지키는 원칙은 있다.

첫 번째는 지나치게 자극적인 영상은 만들지 말자는 것이다. 나는 좀 고지식한 면이 있기도 해서 자극적인 콘텐츠는 만들고 싶지 않다. 섬네일부터 시선을 끄는 자극적인 이미지와 자막으로 사람들을 끌어들이지만 결국 도움이 전혀 안 되는 영상이 참 많다. 하지만 새벽의 영상은 조금이라도 유익했으면 좋겠다는 게 내 바람이다. 실제로 내 메이크업을 따라 해보고 도움을 얻었다는 구독자를 만날 때 가장 기쁘다.

그래서 콘텐츠를 기획할 때면 항상 생각하는 기준이 있다.

'나중에 내 아이에게 보여줘도 부끄럽지 않은 영상인가?'

유튜브 자체가 누구에게나 접근 가능한 매체이다 보니 아이들도 자극적이고 선정적인 영상에 쉽게 노출되는 게 현실이다. 물론 모든 영상이 교육적일 필요는 없지만 아이들에게 못 보여줄 영상을 만들고 싶지는 않다. 가끔 이런 상상도 한다. 만약 나중에 내가 아이를 낳는다면 그 아이가 자라서 유튜브에 나를 검색해볼 텐데, 그때 나는 떳떳할 수 있을까? 그러면 다음은 쉽다. 떳떳할 수 있도록 노력하자!

두 번째 원칙은 나 스스로에게 부끄러운 짓은 하지 말자는 거다. 협찬을 받다 보면 여러 가지 제안이 들어온다. 나는 블로그를 할 때부터 정말 원하고 마음에 드는 제품으로 리뷰를 진행했다. 한 달에 협찬을 하나도 못 받아도 그거 하나는 지켜왔다. 그런데 한번은 한 화장품 업체에서 제품을 보내줄 테니 다 쓴 것처럼 빈 병을 들고 영상을 만들어달라는 게 아닌가.

시간을 넉넉히 주고 내가 진짜 다 써본 뒤에 빈 병을 가지고 리뷰하는 건 괜찮지만 그럴 시간도 주지 않고 가짜로 공병을 만들어 다 쓴 것처럼 해달라니, 도저히 받아들일 수가 없었다. 구독자들뿐 아니라 나 자신에게도 거짓말을 하는 일이기 때문이다. 돈을 아무리 많이 준다고 해도 자존심이 상해서라도 할 수 없는 일이다. 그래서 그런 요구는 칼같이 거절한다.

최근에는 더 황당하고 땀나는 제안도 있었다. 병에 걸린 뒤에 받은 제안인데, '항암치료 중 호르몬 때문에 피부가 뒤집어졌는데 이 화장품을 쓰고 좋아졌다'는 내용으로 영상을 만들어달라는 것이었다. 네? 담당자님, 저는 항암치료 중에 피부가 안 좋아진 적이 없어요. 그런데 아픔을 이용해 거짓으로 상품을 홍보해달라니 판매도 중요하지만 이건 정말 아니지 않나요? 속상하고 슬펐다. 거절 메일을 보내고 나서도 한동안 기분이 좋지 않았다.

무엇이든 콘텐츠가 될 수 있지만 아무거나 콘텐츠가 되어서는 안 된다고 생각한다. 협찬을 제안받는 건 분명 감사한 일이지만 구독자가 늘고 유튜브가 잘되는 만큼 유혹도 많아진다. 그렇기 때문에 자신만의 원칙을 가지고 중심을 잡아 해나가지 않으면 이리저리 흔들리다가 꺾여버릴지 모른다.

유튜브 크리에이터의 가장 중요한 콘텐츠는 자기 자신이지만, 어디까지나 자신이 콘텐츠가 되어야지 콘텐츠를 위해 나를 바꿀 수는 없다. 그러니 구독자는 물론이고 나 자신을 속이는 일을 해서도 안 된다. 어떤 말을 들어도, 어떤 시선을 받아도 당당할 수 있는 것은 이것만은 지켜왔다는 나 자신에 대한 믿음 덕분일 것이다.

함께
성장하는 기쁨

유튜브를 시작한 지 6개월쯤 지났을 때다. 영상 만드는 재미에 푹 빠져 지낼 무렵, 유튜브를 하는 지인이 나에게 물었다.

"너는 어떻게 그렇게 구독자가 많아?"

구독자? 구독자가 뭐지? 그때까지도 나는 구독자라는 개념 자체를 몰랐다. 그제야 내 계정에 들어가 보니 정말 내 영상을 구독하는 사람들이 있었다. 당시 400명대였던 것 같다. 오, 나 구독자 많네?

유튜브를 시작한 후 블로그와 가장 달라진 점은 구독자와 더 가깝게 소통할 수 있다는 점이었다. 그런데 처음에는 숫자로만 표시되는 구독자 수가 크게 와닿지 않았던 것 같다. 그래서 오프라인에서 나를 알아보는 사람을 처음 만났을 때는 너무 놀랍고 신기했다. 언젠가 한 식당에 들어갔는데 어떤 분이 달려오더니 "새벽 님 보고 신기해서 왔어요!"라고 하는 게 아닌가. 내가 모르는 사람이 나를 안다는 게 어찌나 신기하던지. 더 신기한 건 원래 알고 있던 사람을 오랜만에 만난 듯이 반가웠다는 거다. 얼굴은 몰라도 유튜브 채널을 통해 사람 간의 거리가 확 당겨지는 소중한 경험을 했다. 그리고 내가 누군가에게 실제로 영향을 미치고 있음을 새삼 깨닫게 되었다.

어느 날 구독자 한 분이 DM(다이렉트 메시지)을 보내왔다. 소개팅을 하게 되어서 내 메이크업 영상을 보고 참고했는데 그 덕분인지 소개팅이 잘되었다는 내용이었다. 소개팅 후에 데이트를 할 때도 종종 '같이 준비하는 영상(Get Ready with Me)'을 보셨다고 했다. 그런데 감동적이게도 그렇게 소개팅에서 만난 사람과 결혼까지 했다는 것이다! 얼마 전에는 아이를 낳았다는 소식까지 전해주셨다. 그들의 역사에 내가 조금이라도 묻어 있다니, 얼마나 영광스럽고 벅찼던지!

또 다른 구독자도 기억에 남는다. 대학생이었는데 학교 과제로 나를 인터뷰하고 싶다고 해서 응한 적이 있다. 얼마 뒤 그 친구가 학교를 졸업하고 취업에 성공해서 나를 찾아왔다. "언니, 저 취직했어요"라며 명함을 내미는데, 마음이 뭉클했다.

비록 화면을 통해서이지만 우리가 함께 나이 먹고 함께 성장하고 있다는 것을 느꼈다. 그 기분은 참 묘하면서도 벅차오르는, 뭐라 표현하기 힘든 감정이다. 실제로 만나보지 못하는 많은 사람들이 화면을 건너와 나를 좋아해주고 우리가 서로 교감할 수 있다는 사실에 감사하고 감동하기도 한다.

우울증에 시달리던 때에 내 영상을 보며 위안을 얻었다는 구독자의 이야기, 자존감이 떨어질 때마다 내 영상을 보신다는 분들……. 힘든 하루를 보내고 돌아와 내 영상을 보는 사람들의 면면을 상상해본다. 그들이 내 영상을 보며 잠시라도 기분이 좋아질 수 있다고 생각하면 그것만으로 내 채널은 세상에 존재해도 되는 것 아닐까.

내가 재미있어서 올린 영상이 누군가에게 영향을 미치고 있다는 생각을 하면 보람도 있고 책임감도 더 느끼게 된다. 나에게 일이란 돈만을 위한 건 아니다. 크리에이터에게도 직업적 사명은 있다. 화면을 통해 나와 연결되어 있는 사람들과 서로 좋은 영향을 주고받으며 함께 더 멋있게 성장했으면 좋겠다.

나보다 훨씬 능력 있고 잘하는 유튜버들은 얼마든지 많다. 나는 화술이나 재치가 엄청나게 뛰어난 것도 아니고 얼굴이 대단히 예쁜 것도 아니다. 그런데도 이렇게 많은 분이 나를 봐주시는 이유는 뭘까. 그런 생각을 한동안 했었는데 아마 친근함과 진심 때문이 아닐까 싶다. 유튜브는 1인 미디어인 만큼 크리에이터의 개성이 중요한 매력 요소가 된다. 그리고 누구나 자기만의 개성을 가지고 있다. 그걸 가식 없이 보여주고 사람 대 사람으로 진심을 다한다면, 그 진심이 반드시 보는 사람에게 전달된다고 믿는다.

그래서 그동안 다양한 방식으로 구독자와 소통하려고 노력해 왔다. 그중 하나가 '새벽의 라디오'라는 콘텐츠다. 구독자들의 사연을 받아서 읽어주고 공감해주는 것이다. 조회수가 그리 높진 않지만 나에겐 참 소중한 콘텐츠라 꾸준히 하고 싶다. 나는 다양한 사연을 읽어주고 공감해줄 뿐인데 오히려 내가 위로받고 용기를 얻을 때도 많다.

나는 언제나 나 자신이고 싶었고 진심으로 화면 너머 구독자들을 대하고 싶었다. 그리고 그렇게 했다. 카메라 앞이라고 해서 다른 사람을 연기한 적은 없다. 솔직하게 나를 다 보여주려고 했다. 그러다 보니 누군가의 눈엔 곱게 보이지 않았을 수도 있고, 가끔은 실수를 할 때도 있다. 하지만 그 또한 나다. 모든 사람에게 사랑받을 수 없고 완벽하지도 않고 허점이 많지만, 더 나은 사람이 되고 싶은 나. 앞으로 내가, 또 우리가 얼마나 더 멋지게 성장할지 기대된다.

지치지 않으려면
내가 재미있어야 한다

×

나를 잘 아는 사람들은 내가 뭔가에 꽂혀 집중하기 시작하면 고개를 가로젓는다. '또 시작이네, 한동안 정신 못 차리겠구나' 이런 뜻이다. 유튜브를 만난 후 얼마간 나는 주변이 안 보일 정도로 깊이 빠져 있었다.

사실 영상을 올리면서 크게 반응이 온다고 느낀 적은 없었다. 소위 말해 '터진 영상'이 하나도 없었다. 그렇지만 완만하게, 아주 조금씩 조회수도 구독자 수도 늘어갔다. 한때는 그게 콤플렉스이기도 했는데 그 또한 쉬운 일은 아니라는 생각이 든다. '대박'을 치지 못하면서도 지치지 않고 계속할 수 있다는 건 어찌 보면 내 장점이 아닐까. 그런데 그렇게 할 수 있었던 이유는 내가 잘나서라거나 특별한 재능이 있어서가 아니라 그냥 단순히 유튜브가 재미있어서였다.

꾸준히 하다 보니 기업들에서 광고나 홍보 제안이 들어오기 시작했다. 글로벌 브랜드의 한국 뮤즈가 되기도 하고 어떤 브랜드의 매장에는 내 사진이 붙어 있기도 했다. '와, 나는 정말 공부머리만 없었을 뿐이구나' 싶을 만큼 놀라운 일들이 벌어졌다. 내가 재미있어서 한 일들인데 상상도 못 한 기회들이 생겼다.

처음으로 해외 스케줄이 들어왔던 건 블로그를 시작한 지 1년쯤 지났을 때였다. 그 뒤로 여러 나라의 행사에 초대받았다. 해외 화장품 브랜드에서 여행비용을 지원해준 적도 있고 해당 국가의 관광청에서 지원해준 적도 있었다. 공짜로 외국에 갈 수 있다니! 처음엔 마냥 기뻤다. 겪어보기 전에는 그저 화려해 보이고 부럽기만 했으니까. 스태프분들이 편의를 다 봐주는 것도 황송했고 넓은 방을 혼자 쓰는 것도 어색하지만 좋았다.

그러나 세상엔 공짜가 없고 일은 일이라는 것을 뼈저리게 실감했다. 당연한 일이다. 그분들이 내가 좋아서 지원해주는 건 아니니까. 브랜드나 관광청에서는 나에게 경험을 제공하고, 나는 내가 경험하고 느낀 것들을 영상에 효과적으로 담아내서 사람들과 공유해야 한다. 받은 만큼 해야 하는 것이다.

그러다 보니 거기에 쏟아야 하는 에너지가 어마어마하다. 체력 좋기로는 누구 못지않은 나도 힘에 부칠 정도로! 다른 유튜버들도 마찬가지겠지만, 모든 것을 혼자 해내야 하니 더욱 그렇다. 정해진 스케줄을 다 소화하려면 일인다역을 맡아 몸이 열두 개인 것처럼 뛰어야 한다.

구체적인 타임테이블이 나오면 스케줄별 드레스 코드에 맞는 옷과 액세서리를 세팅하고 그때그때 메이크업은 어떻게 해야 할지, 모든 룩을 수첩에 빼곡히 정리해서 필요한 짐을 챙긴다. 의상, 메이크업, 헤어만 해도 큰일인데, 상황에 맞는 카메라와 주변 장비들까지 미리 체크해서 가져가야 한다.

준비물을 챙기는 것만이 다가 아니다. 나는 해외 스케줄 전에는 벼락치기로라도 꼭 영어 회화를 공부한다. 글로벌 행사에 한국 대표로 참석하는 자리라면 간단한 대화와 인사 정도는 영어로 하고 싶기 때문이다. 공부까지 마치고 드디어 비행기를 탈 일만 남았다! 그런데 불운(?)하게도 아침에 요가를 하는 일정이 있다면? 그러면 2주 전부터 굶다시피 하면서 스케줄을 준비하는 것이다. 브랜드에서 주는 요가복을 잘 소화해내는 것도 내 일이니까.

이렇게 두 번 세 번 점검하고 해외로 나가 스케줄이 시작되면, 숙소를 나서기 두 시간 전부터 일어나서 메이크업, 헤어, 코디까지 다 하는 거다. 메인 행사는 주로 저녁에 있기 때문에 오전과 낮 일정을 끝내고 쉬는 시간은 사실 쉬는 시간이 아니다. 저녁 드레스 코드에 맞춰 스타일링을 다시 하고 무시무시한 높이의 힐을 신고 저녁 행사를 준비하는 시간으로 쓰인다. 그렇게 높은 힐을 신고서 화면에 잘 담기는 좋은 자리를 잡으려고 여기저기 뛰어다닌다. 체력적으로 힘들어서 안 먹어도 몸이 부을 정도다. 역시 세상에 쉬운 일은 없었다. 영상으로 볼 땐 그저 우아하고 여유로워 보이기만 했는데 막상 내가 그 속에 있으니 화면 뒤에선 좌충우돌, 난리도 그런 난리가 없다.

그러니 유튜버도 힘들다는 소리를 하려는 것은 아니다. 나에게 주어진 기회가 여전히 감사하고 기쁘다. 때로는 그만한 에너지를 쏟을 자신이 없어서 제안을 거절할 때도 있지만 유튜브가 아니었다면 내가 언제 그렇게 많은 나라에 가서 여러 사람을 만나고 신기한 경험을 해보겠는가. 힘들게 촬영했지만 그것조차 재미있었다. 아니, 오히려 '아, 진짜 힘들었지만 재미있었다'라는 생각이 들면 최선을 다한 것 같아서 개운했다. 편하고 재미없는 것보다는 힘들어도 재미있는 게 언제나 더 내 것 같다.

유튜버로 성공하고 싶다는 사람들이 조언을 구해올 때가 있다. 어떻게 해야 구독자 수를 늘릴 수 있나요? 어떻게 하면 조회수가 오르나요? 사실 나도 모른다. 그런 노하우를 알았다면 나도 영상 하나쯤은 터뜨렸을 거다. 아직도 사람들이 뭘 좋아하는지 잘 모르겠다. 그런데 그걸 알면 재미없지 않을까?

누군가 내게 묻는다면 내가 해줄 수 있는 말은 딱 하나뿐이다. 주기적으로, 꾸준히, 계속하기. 실망할지 모르겠지만 나는 딱 그것 하나만 가지고 시작했던 것 같다. 규칙적으로 콘텐츠를 만들어 올리고 당장 반응이 없다고 해서 멈추지 않는 것. 그게 핵심이라고 생각한다.

그렇게 할 수 있으려면 돈이나 숫자가 목표가 되어선 안 된다. 사람들이 많이 봤으면 좋겠고, 수익이 빨리 났으면 좋겠고, 다른 유명한 유튜버처럼 멋있게 뭔가 하고 싶고…… 이런 마음이 있으면 조바심이 날 수밖에 없다. 그러면 우선 스스로가 괴롭고 무리하게 되기도 한다.

지치지 않고 오래 하고 싶다면 나 스스로 즐겁거나 만족스럽거나 보람을 느낄 수 있는, 나를 위한 목표를 세우는 게 낫다고 생각한다. 나처럼 혼자 잘 노는 사람이라면 나의 재미만을 위해 콘텐츠를 만들어도 얼마든지 만족스럽다. 실제로 나는 숫자에 연연하지

힘들었지만 재미있었다는 생각이 들면
최선을 다한 것 같아서 개운했다.
편하고 재미없는 것보다는 힘들어도
재미있는 게 언제나 더 내 것 같다.

않아서 더 재미있게 오래 할 수 있었던 것 같다.

초반 내 목표는 구독자 수도 조회수도 수익도 아니었다. 내 만족감을 위한 선택이었다. 리뷰를 더 잘하고 싶었고 영상으로 보여줄 수 있으면 좋겠다고 생각했다. 무엇보다, 재미있을 것 같았다. 운도 따라줬던 것 같다.

선택의 기준은 사람마다 달라서 무엇이 맞고 틀렸는지 가를 수는 없는 문제다. 다만 나는 어떤 일을 하든 내가 행복하고 재미있는가를 첫 번째 기준으로 삼았고 다행히 그 선택은 틀리지 않았다. 지금도 여전히 내가 하는 모든 일이 결국엔 나 자신의 행복을 향해 있어야 한다고 믿는다.

소중한 사람들과
오래 함께하는 법

×

나는 낯을 가리지 않아서 처음 보는 사람도 친근하게 대하고 아는 사람도 많다. 그러다 보니 나를 '인싸'라고 생각하는 사람이 많은 것 같다. 하지만 내 인간관계는 좁고 깊은 쪽에 가깝다. 나에게 인간관계란 언제나 풀리지 않는 숙제 같은 것이었다.

아버지가 군인이셨기 때문에 우리 집은 이사를 자주 다녔다. 강원도, 진해, 부산을 거쳐 경기도에서도 여러 번 왔다 갔다 하다가 고등학교 때 다시 부산으로 갔다. 한곳에 가장 오래 머무른 게 3년 정도였고 초등학교만 해도 세 군데를 다녔다. 그래서 학창 시절 친구가 별로 없다.

나는 언제나 전학생, 이방인이었다. 친구를 사귀는 데 서툴렀고 왕따를 당하기도 했다. 그래도 내가 쉽게 주눅 드는 성격은 아니어서 왕따를 당해도 혼자서 꿋꿋하고 씩씩하게 학교생활을 했다. (급식도 막 혼자 두 그릇씩 잘 먹고 다녔다.) 하지만 나라고 왜 상처받지 않았겠는가. 친구들하고 얼마나 같이 놀고 싶었는지 모른다. 지금 생각해보면 내가 받은 상처를 모른 체하려고 노력했던 것 같다. 내가 상처받았다는 걸 인정하는 순간 무너져 내릴지도 모르니까. 그렇게라도 씩씩하게, 오히려 더 대차게 생활하지 않으면 나를 지킬 수 없으니까.

이런 경험이 쌓이면서 학창 시절에는 친구를 사귀어도 마음속 한편엔 경계심을 가지고 있었다. '지금은 나를 좋아해도 언젠가 뒤에서 내 욕을 하거나 나를 따돌릴지 몰라' 하는 생각을 한 것이다. 인간관계에 대한 고민은 대학 때까지 계속되었다.

하지만 학교라는 곳을 떠나자 이런 고민은 거의 사라졌다. 이제 내 생활공간을 내가 정할 수 있고 곁에 둘 사람도 내가 선택할 수 있다. 학창 시절처럼 어쩔 수 없이 매일 같은 친구들과 함께 생활하지 않아도 된다.

학교 다닐 때 사귄 친구들과는 생활도 고민도 너무 달라지다 보니 공통된 대화 주제를 찾기 어려워지면서 서서히 멀어지는 경우가 많았다. 대신 같은 일을 하는 친구들이 새롭게 내 삶에 들어왔다. 이 친구들과는 고민도 비슷해서 더 편하게 털어놓을 수 있다. 또 서로 적당한 거리를 유지하며 건강한 관계를 이어나가니까 그리 힘들 게 없다. 그렇다고 끈끈하지 않은 것도 아니다. 같은 일을 하니까 서로를 더 잘 이해하고 힘들 때는 큰 힘이 되어준다.

그러면서 인간관계에 대한 생각도 많이 바뀌었다. 내가 사람들의 사랑을 받을 수 있는 사람이구나, 나를 오래 알아도 이렇게 나를 좋아해주는구나, 하는 걸 느끼게 되었다. 학창 시절에는 튀는 행동을 하면 눈총을 받기 쉬웠다. 하지만 유튜버 친구들과 함께할 때는 튀는 게 미덕이다! 그런 나의 관종력(?)을 모두 이해해주는 친구들이라니!

친한 유튜버들과 서로 영상을 모니터링해주기도 한다. 유튜버 친구들과의 교류는 내게 좋은 자극과 배울 기회를 준다. 같은 일을 하는 사람끼리 응원하며 함께해나갈 수 있다는 것도 유튜브를 통해 맺은 인간관계에서 알게 되었다.

무엇보다 나를 좋아해주고 응원해주는 구독자들과 나는 세상에서 가장 특별한 인간관계를 맺고 있다고 생각한다. 때로는 가까운 친구보다 얼굴도 모르는 구독자들에게 내 속마음을 솔직하게 털어놓기도 하니 말이다. 유튜브는 나에게 소중한 사람들을 선물해주었다.

사람에게 받은 상처는 사람으로 치유한다더니, 정말 그런 것 같다. 물론 인간관계는 아직도 어려운 부분이 많고 여전히 배우고 있다. 다만 지금 오래 함께하고 싶은 소중한 사람들이 내 곁에 있음에 감사한다. 인간관계는 맺는 것보다 유지하는 게 더 어렵고 중요하다는 걸 많이 느낀다.

그러기 위해서 거창한 기술이 필요한 건 아니다. 나는 그저 친구들과 밥 한 끼 나누는 시간을 참 소중하게 생각한다. 종종 집에 친구들을 불러 간단한 요리를 해서 다 함께 먹고 놀기도 한다. 친구란 게 뭐 별거인가. 밥을 마음 편히 즐겁게 같이 먹을 수 있는 사람이면 다 친구다!

아, 그리고 남자친구한테 배운 게 하나 있다. 문득 누군가 생각날 때 그냥 생각만 하고 넘어가지 말고 '지금 네 생각이 났다'고 문자 하나라도 보내라는 것이다. 그래서 나에게도 그런 습관이 생겼다. '뭐 해? 그냥 여기 지나가다가 네 생각이 나서'라고 문자를 보낸다. 간혹 '오글거린다'며 거부반응을 보이는 친구도 있지만 굴복하지 않고 계속 들이대다 보면 익숙해진다. 그리고 표현은 그렇게 하지만 사실은 좋아하고 있다는 것도 전해진다.

그러니까 이 책을 읽는 분들도 같이 해봤으면 좋겠다. 누군가가 떠오를 땐 '그냥 네가 생각났어'라고 메시지를 보내보자. 그냥 하는 말, 그냥 주는 선물, 그런 게 삶의 휑한 빈틈을 메워주는 것 아닐까.

누군가가 떠오를 땐
'그냥 네가 생각났어'라고 메시지를 보내보자.
그냥 하는 말, 그냥 주는 선물,
그런 게 우리 삶의 휑한 빈틈을 메워주는 것 아닐까.

무언가를 원할 땐
꼭 이루어질 거라고 생각했다

×

고시원에서 언니와 살던 시절, 우리는 종종 동네를 같이 걸었다. 으리으리한 집들 사이를 산책하다 보면 저─ 멀리 아파트가 보였다.

"와…… 언니, 우리가 결혼 전에 저런 아파트에서 같이 살 날이 올까?"

"너랑 나랑 정말 취직 잘했다 하면 월급 200에, 월세도 내야 하고, 우린 학자금 대출도 있으니까…… 계산해보면…… 음……. 아, 몰라! 할 수 있겠지!"

"맞아! 나 갑자기 느낌이 좋아!"

군데군데 불이 켜진 그 아파트는 산책 길에 몇 번쯤 우리 입에 오르내렸다. 그렇게 고시원에서 산 지 몇 년이 지난 후 집 사정이 좀 나아져서 원룸을 구할 수 있게 되었다. 처음 원룸에 들어갔는데…… 와, 정말 궁궐 같았다. 지금 생각하면 둘이 살기에는 좁은 방이었는데도 너무 신이 났다. 이제 언니랑 손잡고 집에 들어갈 때 눈치 보지 않아도 된다. 화장실도 마음대로 갈 수 있다!

그 후에 언니가 취직을 하고 나도 블로그로 돈을 벌기 시작하면서 이번에는 부모님 도움 없이 더 큰 원룸으로 옮겼다. 당시엔 여기서 축구해도 되겠다며 호들갑을 떨었지만, 역시 지금 생각해보면 평범한 크기의 원룸이었던 것 같다.

언니가 서른이 되던 해, 인생의 진로를 고민하던 언니는 캐나다에 가서 1년 정도 쉬다 오겠다고 했다. 나는 대찬성이었다. 언니도 나처럼 쉼 없이 일만 하며 살았다. 나는 언니가 홀가분하게 떠나서 마음 편히 긴 휴가를 즐겼으면 했다. 그래서 언니한테 대책 없이 호언장담했다.

"언니는 걱정 말고 놀다와. 내가 아파트 구해놓을게!"

무슨 자신감이었는지 그렇게 말해놓고선 미친 듯이 일을 했다. 어떻게 해서든 아파트를 구해놓고 싶었다. 근거는 없지만 왠지 할 수 있을 것 같았다. 그리고 놀랍게도, 진짜 해냈다! 산책하며 항상 보던 바로 그 아파트. 비록 월세였지만 대책 없이 할 수 있을 거라던 그 말이 현실이 되었다. 계약을 하고는 집주인에게 동의를 얻어서 페인트칠도 직접 했다. 제집 장만이라도 한 것처럼 쓸고 닦고 유난을 부렸다.

이런 걸 사람들은 기적이라고 부를지 모르겠다. 불가능해 보이는 일이 이루어졌다는 점에서는 그럴지도 모른다. 그런데 기적은 어느 날 갑자기 저절로 이루어진다는 뉘앙스가 강한 것 같다. 그래서 우리가 겪은 일에 기적이라는 이름을 붙이고 싶진 않았다. 잠 못 자고 일하는 날들을 오롯이 겪었고 한 푼 두 푼 그러모으는 영원 같던 과정도 견뎠기 때문이다. 때론 힘들고 지치고 지루했던 그 시간들을 버티고 또 버텼다.

무언가를 원할 땐 그렇게 될 거라고 먼저 믿었다. 그리고 소리 내어 말했다. 그러면 정말 말하는 대로 이루어졌다. 블로그를 할 때도 그랬다. "나도 해외 출장 같은 거 가보고 싶다"라고 했더니 그 말을 들은 언니가 말했다.

"너도 갈 건데 뭘 그런 말을 해? 너도 내년에 갈 거야."

언니 말대로 그다음 해에 나는 해외 출장을 갔다. 우리에겐 이런 일이 정말 많이 일어났다. 해낼 수 있을 것 같은 근거 없는 자신감이 솟구치는 기분. 현실이 될 것 같은 생생한 주문. 물론 바라기만 하고 말하기만 한다고 이루어지지는 않을 것이다. 하지만 그런 간절한 바람은 나를 행동하게 만들었고 쉼 없이 움직이게 만들었다. 내가 지금 하고 있는 일이 저 꿈에 가닿기에 턱없이 모자라 보여도 그렇다고 포기하고 주저앉지 않았다. 해보지 않으면 모르는 것 아닌가. 일단 노력해보고 안 되면 그건 그것대로 괜찮다. 적어도 나는 조금 더 발전했을 테니까.

무언가를 원할 땐 그렇게 될 거라고 먼저 믿었다.
그리고 소리 내어 말했다.
그러면 정말 말하는 대로 이루어졌다.

나는 언제나
살아남을 것이다

✕

지금 우리나라에서 활동하는 유튜버는 몇 명이나 될까? 아마 내가 처음 유튜브를 시작했을 때보단 훨씬 많아졌을 것이다. 플랫폼이 등장하기 전에는 존재하지 않았던 직업이지만 급격하게 수와 영향력이 늘어갔다. 요즘 직장인들은 모이면 진담을 딱 한 방울 섞어서 "나도 유튜브 해야 하는데⋯⋯"라고 말한다고 한다. 이렇게 갑자기 생겨나 빠르게 사람들의 일상에 자리 잡았기 때문일까. 언제쯤 유튜브가 시들해질지, 또 어떤 새로운 플랫폼이 떠오를지 궁금해하는 사람들이 많은 것 같다.

유튜브를 시작한 지 6년째로 접어들면서 나도 이런저런 생각이 많아졌다. 꼭 유튜버가 아니더라도 누구나 '내가 이 일을 계속할 수 있을까?'라는 고민을 할 거라고 생각한다. 나 또한 그렇다. 때로는 내가 트렌드를 너무 못 읽나 싶기도 했다. 유행은 빠르고 새로운 크리에이터와 플랫폼도 쏟아져 나오니 언젠가 도태될지 모른다는 불안감이 있다. 이 일을 사랑하고 계속하고 싶기 때문에 더더욱 '내가 과연 살아남을 수 있을까?' 하는 의심이 마음속에 피어난다.

물론 지금의 유튜브가 영원하리라 생각하지는 않는다. 하지만 지금까지 1인 크리에이터로 활동하고 우여곡절도 겪으며 얻은 것이 있다면 자신감이다. 블로그라는 매체에서 나는 비교적 선점을 했고 잘 적응해서 성과를 냈다. 유튜브에서도 마찬가지였다. 또 다른 무언가가 생기면 역시 발 빠르게 시작하고 적응할 수 있지 않을까. 그리고 이런 나의 성향과 성실함이라면 또 다른 물결이 와도 그 파도를 잘 탈 수 있지 않을까.

하다못해 다시 아르바이트를 하게 되더라도 나는 살아남을 자신이 있다. 온갖 아르바이트를 섭렵하던 힘겨운 시간이 나에게 생각보다 큰 자산을 남겨주었음을, 시간이 지날수록 더 많이 느끼고 있다. 결국 세상에 하찮은 일이란 없다는 걸 나는 경험으로 알게 되었다. 아무리 사소한 일이라도, 아무리 힘든 일이라도 뭐든 해보면 그게 결국엔 나의 밑천이 되어 든든하게 뒤를 받쳐주었다.

나 자신에 대한 믿음이 있기에 불안해하기보다는 현재에 집중하려고 한다. 처음 시작했을 때의 그 마음처럼. 그때는 지금보다 훨씬 더 불안한 상황이었지만 오직 내가 만드는 콘텐츠에만 집중했었다. 내일이 없는 것처럼 살았다. 그 순수했던 열정의 불씨를 꺼뜨리지 않고 더 활활 태우고 싶다. 세상은 내 계획대로 흘러가지 않겠지만, 그래서 더 재미있고 짜릿한 거 아닐까.

그러니 유튜브 다음 흐름이 뭐가 될 것 같냐고 내게 묻는다면 이렇게 답하겠다. 나중에 어떤 플랫폼이 떠오를지는 모르겠지만, 한 가지는 안다고. 그게 뭐가 되었든 나는 언제나 지금처럼 재미있는 일들을 꾸리며 살아남을 것이라고.

세상은 내 계획대로 흘러가지
않겠지만. 그래서 더 재미있고
짜릿한 거 아닐까?

밤night

왜 하필 나에게
이런 일이

어느 날, 나를 무너뜨릴
꽃바구니가 배달됐다

×

어느 날 한 글로벌 브랜드에서 연락이 왔다. 그 브랜드의 한국 뮤즈가 되어 같이 활동하자는 것이었다. 평소에 좋아했던 제품을 만든 브랜드라 제안을 기쁘게 받아들였다. 일을 진행하기 위해 미국에 출장을 가게 되었는데, 그곳에서 '그 사람'을 처음 만났다.

브랜드 해외 영업 팀장이었던 그녀는 그 지역을 잘 안다며 가이드를 자청했다. 낯선 곳에서 나를 챙겨주는 사람은 그녀뿐이었고 나는 점차 그녀에게 의지하게 되었다. 게다가 같이 보내는 시간도 많았으니 우리는 자연스럽게 가까워졌다. 그녀는 내 꿈에 관해 물어봐 주고 나의 아픔에도 공감해주는 사람이었다. 내 인복에 내가 감탄할 정도로 좋은 사람이었다. 출장이 끝난 후에도 우리는 종종 연락하며 지냈고 시간이 흐르면서 나는 그 팀장과 막역한 사이가 됐다. 내 친언니라고 해도 좋을 정도였다.

사적으로 친해지면서 개인사에 대해서도 알게 됐다. 그녀는 아버지가 과거에 청와대에서 근무했으며 남편 역시 청와대 비서실에서 근무하고 있다고 했다. 그래서 자신도 청와대 관사에서 지낸다며 그곳에서 겪는 우여곡절을 들려줬다. 믿지 않을 이유야 지금 생각하면 많지만 그때의 나는 그냥 그 사람이 좋았고 그녀의 이야기를 한 번도 의심한 적이 없었다. 무려 '청와대 관사'에서의 생활이 답답하다고 하는 그 사람을 위로해주기도 했다.

그렇게 1년 정도 둘도 없이 가깝게 지냈다. 우리는 마사지숍도 함께 다녔고 자주 서로의 안부를 묻고 고민도 공유하는 사이였다. 그러던 어느 날 그녀가 함께 화장품 기초 제품을 론칭해보자고 제안했다. 퇴사를 하고 자신의 브랜드를 만들려고 준비해왔다며, 협업을 해보지 않겠냐고 물어왔던 것이다.

갑작스러운 이야기이기는 했지만, 내가 좋아하는 사람과 좋은 제품을 만든다면 그것도 의미 있는 일이라는 생각이 들었다. 워낙 마스크팩을 좋아해서 그거라면 내가 잘할 수 있지 않을까 싶기도 했다. 무엇보다 그녀를 믿었다. 브랜드에서 팀장까지 할 정도의 경력에도, 누구보다 따뜻하고 살뜰하게 나를 챙겨준 인품에도 믿음이 갔다. 우리는 상의 끝에 '새벽팩'을 만들자고 의견을 모았다.

함께 일을 하기로 결정한 뒤, 내 나름대로는 깐깐하게 따지고 쟀다. 어릴 때부터 아르바이트나 일을 하면서 이상한 계약서에도 사인해보고 부당한 일을 겪은 적도 있기 때문에 언니와 함께 고민을 많이 하고 변호사와도 상의했다. 그렇게 계약까지 마치자 모든 일이 순조로워 보였다.

드디어 우리 브랜드의 첫 제품 '새벽팩'의 론칭 전날, 그녀와 모여 회의를 하고 있었다. 그런데 그녀가 전화 한 통을 받더니 퀵 서비스 배달이 왔다며 꽃바구니를 내게 내밀었다. 자기가 요청하지도 않았는데, 브랜드 론칭을 축하하는 의미로 남편이 청와대를 통해 보내왔다는 것이었다. "원래 이런 관행이 있어요. 그래서 저번에 저희 아빠 생신에도 이런 꽃바구니가 왔더라고요." 꽃바구니엔 정말 '청와대'라고 적혀 있었다.

청와대에서 꽃바구니를 받다니 내 인생 얼마나 잘되는 건가, 신기하고 감사했다. 내 SNS에 사진을 올려도 되냐고, 정말 괜찮냐고 그녀에게 몇 번이나 물어본 뒤에 SNS에 꽃바구니 사진을 올렸다. 그때 내가 얼마나 들떴었는지!

그리고 다음 날, 인터넷에 기사가 쏟아지기 시작했다. 나는 파렴치한 거짓말쟁이가, '국민 사기녀'가 되어 있었고 모든 사람이 나를 조롱하는 것만 같았다. 청와대에서 사기업에 꽃바구니를 보낼 리가 없다는 것이었다.

나는 억울했다. 왜 사람들이 청와대에서 온 꽃바구니를 의심하지? 그래서 그녀가 말해준 대로 해명을 했다. 사람들은 계속해서 반론을 제기했다. 그럴 때마다 다시 물어보면 그녀의 말도 자꾸 바뀌었다. 관행이라느니, 직원의 실수라느니, 말이 점점 길어지고 구차해졌다. 그 때문에 나의 입장문도 자꾸 바뀌었다. 하지만 그때까지도 그 사람을 의심하지 못했다. 그렇게 일주일은 끌려다닌 것 같다.

뭐가 잘못된 건지 전혀 눈치채지 못한 채, 일단 문제를 해결해야 하니 변호사를 찾아갔다. 변호사와 이야기를 하다 보니 조금씩 뭔가 이상하다는 생각이 들었다. 변호사가 마침 청와대와 관련된 일을 하고 있다며, 그 사람의 남편이 청와대 직원이 맞는지 알아봐 주겠다고 했다. 그가 통화를 마치고 입을 열었다.

"그런 사람 없대요."

순간 귀에서 '삐一' 하는 소리가 들리면서 공기의 흐름마저 멈춘 것 같았다. 그럴 리가 없는데. 대체 어디서부터 잘못된 걸까.

기사명:
SNS 관종녀의 최후

✕

사건의 진실을 파악하고 보니 머릿속에서 퍼즐처럼 모든 게 맞춰졌다. 그 사람이 나한테 어떻게 접근했는지, 얼마나 확신에 찬 말투로 제품을 론칭하자고 설득했는지……. 이제 뭐가 어떻게 된 건지 알 것 같았다.

그녀는 내가 본 중 가장 예쁜 목소리를 가진 사람이었고 달변가였다. 이야기를 듣다 보면 홀리는 기분이 들 때도 있어서 집에 와서는 정신을 바짝 차려야겠다고 생각하기도 했다. 그랬는데 이렇게 바보같이 당하다니.

그나마 다행인 점을 찾자면, 제품을 론칭하기 전에 그 사람의 거짓말을 알게 되었다는 거다. 만약 제품을 세상에 내놓았다면 그 후엔 어떻게 됐을지 모르겠다. 그 사람이 나를 이용해 어떤 이득을 취하려고 한 건지 나는 상상도 하기 힘들다.

소식을 듣고 그녀가 다니던 글로벌 브랜드의 대표에게서도 연락이 왔다. 그런데 대표님은 여전히 그녀의 남편을 청와대 직원으로 알고 있는 게 아닌가. 그 사람은 나뿐 아니라 3년 동안 다닌 회사 사람들까지 모두 속여온 것이었다.

거짓말이 탄로 날 수도 있는데 왜 꽃바구니 사진을 SNS에 올려도 된다고 말했을까. 새벽팩을 론칭하기 전에 선오픈을 했었는데 그 사람이 기대했던 것만큼 반응이 크지는 않았다. 투자를 한 것은 그녀였으니 많이 조급했던 것 같다. 어쩌면 사람들이 그냥 넘어갈 거라고 생각했는지도 모르겠다. 모든 게 다 의문으로 남았다.

하지만 속상해하고 있을 때가 아니었다. 어떻게든 정신을 가다듬고 곧장 명예훼손으로 소송을 진행했다. 돈으로 보상받기 위해서는 결코 아니었다. 내가 받은 상처와 손해는 돈으로 계산할 수도, 보상을 받을 수도 없다. 그럼에도 시간과 돈과 에너지를 써가며 소송을 진행하는 건 법적으로라도 입증받고 싶기 때문이었다.

나 자신과 다른 사람을 속이지 않을 것, 언제나 떳떳할 것. 그걸 지키며 살아왔기에 무슨 말을 들어도 괜찮았는데 그 가치를 부정

당하니 견딜 수가 없었다. 심장이 터질 것만 같아서 이렇게라도 하지 않으면 안 될 것 같았다. 잡초처럼 씩씩한 나를 무너뜨리는 건 억울한 감정이라는 지독한 사실을 알아버렸다.

모든 게 밝혀진 뒤, 그 사람은 미안하다는 말 한마디 없이 내 인생에서 사라졌다. 배신당한 것도 슬프지만 사람을 잃는 것도 씁쓸한 일이다. 나는 그 사람을 인간적으로 좋아하고 따랐다. 우리 둘 다 좋아하는 제품을 만들겠다는 한마음으로 일한다고 믿었다.

남은 건 나 혼자였다. 모든 화살이 나에게로 향해 있었다. 댓글과 기사의 글자들이 파편처럼 내 몸에 박힌 것 같았다. 사람이 많은 곳에 가면 고개를 들기는커녕 숨도 못 쉬었다. 모르는 사람과 눈이라도 마주치면 심장이 발등으로 떨어지는 느낌이었다. 동네 밖으로도 나가지 못했다. 내 몸은 집에 갇혀 있는데 내 이름은 전국구가 되어 있었다. 뉴스에도 내 이야기가 나왔다. 우리 아빠 뉴스 많이 보는데……. 가장 충격적이었던 기사의 제목은 'SNS 관종녀의 최후'였다. (아, 지금 생각해도 기자님, 이건 너무한 거 아니에요?)

인생 2회 차가
시작된 순간

×

배신감은 뼈아팠지만 모든 게 그 사람의 거짓말이었다는 걸 알고 나니 속이 후련해지는 기분도 들었다. 그동안 왜 해명하면 할수록 어긋나기만 하는지 답답했는데 그제야 안개가 걷힌 듯 분명해졌 기 때문이다. 이제 사람들에게 내가 알게 된 사실을 알리기만 하 면 되겠구나. 그러면 사람들이 이해하고 알아주겠지. 블로그에 그 간의 상황을 설명하고 사과하는 긴 글을 올렸다.

그런데 그렇지가 않았다. 내가 그 사람을 의심하지 못하고 그녀 의 변명을 주워섬기는 사이 나와 구독자들이 벌써 저만치 멀어져 버린 것이었다. 내 딴에는 해명을 하려고 답댓글을 달았는데, 듣지 않고 내 할 말만 한다고 받아들인 사람도 있었다. 아예 내 이야기를 믿지 않으려는 사람들도 많았다. '이제 와서 남 탓을 한다', '몰랐다는 게 말이 되냐' 등등……. 생각지도 못한 반응이었다. 또다시 상처를 받았고 '멘붕'에 빠졌다. 더 이상 뭘 어떻게 해야 하는 건지……. 진실을 말하는 것 외에 내가 할 수 있는 일이 없는데 더는 그마저도 할 수 없었다.

모든 것이 멈췄다. 유튜브도, 내 인생도, 모두 그만두고 싶었다. 그 일이 터진 뒤 2~3개월 동안 아무것도 하지 않았다. 그 시간이 어떻게 흘러갔는지 거의 기억나지 않는다. 그 당시에 쓴 일기를 펼치면 전혀 기억나지 않는 일들이 내 필체로 쓰여 있다. 어렴풋하게 떠오르는 몇 장면들 빼고는 지우개로 지운 것처럼 기억에서 사라져버렸다. 내 인생에서 그때의 2~3개월은 부분부분 삭제된 것만 같다. '이러이러해서 힘들어'라는 문장이 성립되지 않는 기분. 이유도 모르고 땅속으로 자꾸만 꺼져가는 기분.

그동안 일을 하면서 이상한 사람도 많이 만나고 힘든 일도 겪을 만큼 겪었다고 생각했는데, 이렇게까지 완전히 무너져 내린 적은 처음이었다. 베개에 얼굴을 파묻고 몇 날 며칠을 소리 내어 울었다. 목소리가 잘 나오지 않을 정도였다. 너무 억울하고 답답해서 누가 들어주기를 바랐지만 아무한테도 들리지 않는 절규였다.

정신과 치료와 상담을 받았다. 약을 먹어야 겨우 잠을 잘 수 있었다. 상담을 받으며 발버둥 쳐봤지만 내 감정은, 스스로에 대한 연민은 한도 없이 바닥으로 고꾸라졌다. 마음을 다독이려고 할수록 자꾸 더 깊은 수렁으로 빠지는 것 같았다. 억울하고 속상하고 두렵기만 했다. 불시에 세상을 떠나고 싶었다.

그날이 기억난다. 차를 몰고 밖으로 나갔다. 운전할 때 큰 화물 트럭 근처는 위험하니 피해야 한다고 배워서, 트럭 근처에는 잘 가지 않았다. 그런데 그날 나는 큰 화물 트럭 주위만 따라 다녔다. 날카롭고 무거운 철골이 내 차를 덮치기만을 기대하면서 3시간 정도를 그렇게 헤매고 다닌 것 같다. 얼이 완전히 나가 있었다.

어찌어찌해서 집에 왔는데 갑자기 정신이 들었다. 이러다 진짜 죽겠구나. 나만 죽을 게 아니라 남들에게도 피해를 주겠구나. (트럭 기사님, 죄송합니다.) 그런 생각을 하니 억울했다. 이제껏 누구한테 피해 끼친 적 없이 살았다고 자부해왔다. 타고난 재능이 없어서, 할 수 있는 건 참고 열심히 하는 것뿐이라서 정말 열심히 살았던 내 인생이, 매 순간 최선을 다했던 내 선택이 이런 결과로 돌아오다니…….

나는 이렇게 끝나는 걸까? 그렇게 생각하자 못 해본 것들이 생각났다. 에펠탑이 그렇게 보고 싶었는데……. 돈 모으느라 '사진으로 맨날 보는 거 직접 본다고 뭐가 다르겠어' 하며 참았던 에펠탑. 어차피 죽을 거라면 에펠탑은 한번 보고 죽어야겠다 싶었다. 돈 뒀다 뭐 해. 죽으면 다 휴짓조각이야.

두 번 고민하지 않고 2주 후에 파리로 떠나는 티켓을 끊었다. 이렇게 충동적으로 일을 저지른 건 처음이었다. 그 후 2주 동안은 체념한 기분으로 살았다. 어떤 때는 괜찮았다가 또 어떤 때는 괜찮지 않았다가 했다. 내가 어떻게 해도 누군가는 계속 나를 싫어하겠지 싶어지더니, 어차피 그럴 거면 내 마음대로 살아도 상관없지 않나 하는 느슨한 생각도 마음을 스쳤다. 기다리는 비행기가 있으니 그래도 살아졌다.

파리에 도착해서는 바람대로 에펠탑을 봤다. 아, 저게 내가 그렇게 보고 싶어 했던 에펠탑이구나! 실제로 본 에펠탑은 정말 컸다. 너무 커서 한참을 멍하니 바라만 봤다. 사진으로 보던 거랑은 완전히 달랐다. 날씨는 청명했고 햇살은 눈부셨다. 포근한 바람이 향기로운 냄새를 싣고 불어왔다. 나를 둘러싼 모든 시공간이 완벽했다. 현실감이 없어서 화면으로 무언가를 보고 있는 게 아닐까 했다.

아주 오랜만에 '내가 운이 좋구나' 하는 생각이 들었다. 아무렇게나 날짜를 골라 평생 처음으로 에펠탑을 보는데 이렇게 맞춘 듯이 완벽한 풍경이라니. 그러자 살아서 여기까지 오길 잘했다는 생각이 따라왔다. 이걸 못 보고 죽었으면 얼마나 억울했을까.

한참 만에 그 자리를 떠나 파리 시내를 걷고 또 걸었다. 나는 이제 뭘 해야 할까? 돌아가서 죽는 걸까? 그런데, 에펠탑처럼 못 보고 죽기엔 억울한 게 세상에 또 있으면 어쩌지? 생각에 빠져 걷다 보니 어느새 파리에서 유명하다는 마카롱 가게 앞이었다.

생마르탱 운하를 바라보고 서서 딸기맛을 집으려던 손을 움찔 멈추었다. 내가 집어든 건 캐러멜 마카롱. 제일 맛있는 걸 아껴뒀다가 마지막에 먹는 건 내 오랜 버릇이었다. 나는 어쩌면 그렇게 살아왔던 것 같다. 아끼고 참으면서. 이젠 그러고 싶지 않았다. 제일 먹고 싶은 건 제일 먼저 먹어야지. 하고 싶은 일은 곧장 해야지. 그동안 많이 아꼈으니까 이렇게 살아봐도 괜찮지 않을까.

어차피 끝내려고 한 인생이었다. 아니, 새벽은 그때 이미 한 번 죽었다. 그렇다면 한 번 죽었다고 생각하고 새로운 나로 인생 2회차를 열어보면 어떨까.

이렇게 생각하니 마음이 한결 가뿐해졌다. 지금부터 내 하루하

116

루는 지난번에 끝난 삶 뒤에 주어진 보너스 인생이다. 내 마음 가는 대로, 즐겁게, 뭐든 해도 괜찮다. 보너스는 뭐든 좋은 거니까. 삶이 제대로 레벨 업된 기분. 앞으로 더 이상의 액땜은 없을 것 같은 상쾌함. 천천히 걸어가던 발걸음이 가벼워지더니 어느새 파리 거리 위에서 날아다니고 있었다.

제일 맛있는 걸 아껴뒀다가
마지막에 먹는 건 내 오랜 버릇이었다.
나는 어쩌면 그렇게 살아왔던 것 같다.
아끼고 참으면서. 이젠 그러고 싶지 않았다.
제일 먹고 싶은 건 제일 먼저 먹어야지.
하고 싶은 일은 곧장 해야지.
그동안 많이 아꼈으니까
이렇게 살아봐도 괜찮지 않을까.

내 안에서
빛나는 보석을 찾아냈다

×

그 일이 벌어지기 직전, 나는 구독자들을 만날 생각에 잔뜩 들떠 있었다. 구독자 수 30만 기념으로 구독자 중 서른 분을 초대해 함께 식사하기로 했던 거다. 예상보다 훨씬 많은 분들이 신청해주셨다. 설레는 마음으로 날짜를 정했다. 열심히 준비한 제품은 론칭을 앞두고 있었고, 내가 아끼고 나를 아껴주는 많은 이들과는 즐거운 시간을 보낼 예정이었다. 이렇게 벅차게 행복할 수 있나 싶던 그때, '그 꽃바구니'가 내 인생에 도착했다.

나에 대한 오해는 걷잡을 수 없이 커져버렸지만 날짜가 다가오니 나는 결정을 해야 했다. 약속은 약속이니까 지키고 싶었다. 그래서 예정된 날짜에 비공개로 식사 자리를 마련했다. 그때는 내가 속고 있는 줄도 몰랐었기 때문에 구독자들에게 제대로 해명하지도 못했다. 내가 내보일 거라곤 그저 나는 부끄러운 짓을 하지 않았다는 말뿐이었다. 나에게 실망한 분도 있을 테고 내가 싫어진 분도 있을 테니 상상했던 모임을 기대할 수는 없었다. 절반만이라도 나를 만나러 와주었으면 좋겠다고 생각했다.

엎친 데 덮친 격으로, 그날은 하늘에 구멍이라도 뚫린 것처럼 비가 쏟아졌다. '나 같아도 안 오겠다……' 하는 생각이 절로 들었다. 지인의 레스토랑에서 진행하기로 했는데 그날을 위해 장소를 빌려준 지인에게도 면목이 없고 창피했다. 몇 분이 오시든 대관료는 꼭 내겠다고 말하면서 조금 비참한 기분마저 들었다.

그런데 놀라운 일이 벌어졌다. 한 분 한 분 자리가 차더니, 세 분 빼놓고 다 제시간에 오신 거다. 내 눈을 믿기가 어려웠다. 서너 분이라도 오시면 정말 감사한 일이라고 생각했었다. 나는 이분들이 여전히 나를 믿어줄 거라 믿지 못했는데, 이분들은 계속 나를 믿어주고 있었다. 사람과 사람 간의 신뢰란 뭘까, 생각을 많이 하게 되었다. 나를 좋아해주는 분들을 실망시키고 싶지 않다, 믿음을 저버리고 싶지 않다는 마음이 강해졌다.

이날 이후로 마음이 편해졌다고 말하고 싶지만, 그렇지만은 않았다. 나는 몇 번이고 더 고비를 넘어야 했다. 마침내 '청와대 꽃바구니 사건'의 전말을 다 알게 되었고, 사람들에게 말하고 나면 해결이 될 줄 알았지만 그렇지 않았다. 비극이 나를 벼랑으로 몰아넣는 건 순식간이었는데 빠져나오는 길에는 인내가 필요했다. 자다가도 깰 정도로 무서웠고 억울하고 답답해서 죽고 싶었던 적도 있다. 하지만 이분들이 나를 끝까지 응원해준다면 나도 끝까지 갈 수 있을 것 같았다. 힘들 때 곱씹을 수 있는 따뜻한 기억을 선물받은 소중한 날이었다. 사건을 겪으면서 주변 사람들을 많이 잃었지만 그래도 이런 날이 있어 계속 사람들 속에 산다.

경험상 좋은 일이 있을 때는 진짜 친구가 떨어져나가고 나쁜 일이 있을 때는 비즈니스로 얽힌 사람이 떨어져나간다. 좋은 일이 있을 때 친구일지라도 진심으로 축하해주기 힘들 수 있다. 반면 나쁜 일이 있을 때는 친구들은 위로를 해주지만 일로 엮인 사람들은 많이 정리된다.

그런데 그때는 일로 얽힌 사람뿐 아니라 친했던 사람도 많이 떠나보냈다. 내가 힘들어하는 걸 은근히 고소해하는 사람들이 있었다. '그러게, 조심 좀 하지', '내가 너 언젠가 그럴 줄 알았다' 같은 시선들이 따끔하게 나를 찔렀다. 이미 무너진 상태로 그들과 관계를 이어나가기가 힘들어 멀어지기를 택했다.

내가 사람을 쉽게 믿는 건 사실이다. 나름대로 따져보고 재기는 해도 기본적으로 사람을 좋아한다. 그러다 보니 나를 곁에서 지켜보는 언니가 답답해할 때도 있다. 결과적으로 그 사건은 그런 나에게 경각심을 일깨워주는 계기가 되었다.

그렇다고 해서 모든 사람을 경계하며 마음의 문을 닫고 살고 싶진 않다. 나는 항상 인복 많다는 말을 달고 살았다. 나쁘게 끝나는 관계보다는 좋은 사람들과 함께한 시간이 훨씬 많았다. 내 길지 않은 인생에서 가장 충격적이고 힘든 사건을 겪었다. 하지만 그 사건 때문에 사람에 대한 믿음을 완전히 꺾고 싶지는 않다. 좋은 분들이 여전히 내 주변에서 자기 자리를 지켜주고 있다. 나는 아직도 인복이 많은 사람이다. 앞으로도 열린 마음으로 사람을 만나고 진심으로 대하며 사랑하고 싶다.

그 일이 터졌을 때 가장 많이 든 생각은 '왜 하필 나한테 이런 일이 일어났지?'였다. 엄청난 선행을 하진 않았어도 남을 도우려고 애쓰며 열심히 살았는데 왜 하필 나에게⋯⋯. 혼잣속을 썩이다가 예전에 같이 일했던 부장님께 무작정 연락해서 만나달라고 했다.

부장님은 나보다 어른이니까 뭐든 힘이 될 말을 해주시겠지. 아니, 사실은 누구라도 내 억울함을 알아줬으면 싶었던 것도 같다. 부장님을 만나 그간 있었던 일을 털어놓았다. 왜 나에게 이런 일이 일어났는지 모르겠다며 너무 힘들다고 토로했다. 그러자 부장님이 이렇게 말했다.

"왜 하필 너한테 이런 일이 왔을까. 그건 네가 그럴 만한 가치가 있기 때문이야. 그 사람이 인생을 걸어 투자하고 너를 속여서까지 같이 일하고 싶을 정도로 네가 가치 있어서 그런 거야. 큐빅으로 사기 치는 사람은 없잖아. 진귀한 보석을 가지고 싶어서 사기를 치는 거지. 그만큼 네가 반짝거리고 잘했다는 뜻이야."

그 말이 많은 위로가 됐다. 결국 그 사람은 내가 큐빅이 아니라 보석이라고 인증해준 셈이다. 내가 이렇게 단단하다는 걸 나도 처음 알았다. 그러니까 나는 반짝일 뿐 아니라 단단하기까지 한 다이아몬드다!

그리고 그렇게 믿으며 꿋꿋하게 걷는 동안 나에게 또 한 번의 의미 있는 결말이 생겼다. 1년 넘게 진행한 손해배상청구 소송에서 승소 판결을 받은 것이다. 천 번도 더 상상했던 순간이었다. 눈물이 날 줄 알았는데 생각보다 덤덤했다. 드디어 끝날 일이 끝났다는, 담백하게 시원한 느낌. 배상금은 즉시 전액 기부했다. 돈을 받고 싶어서 소송한 게 아니었으니까. 내 상처는 그 돈으로 나아질 게 아니라 나의 단단함으로 나아질 것이었으니까. 슬픔과 미움과 후회와 자책…… 그 모든 껍질을 하나하나 벗기고 나니 내 안에 있던 작고 단단하고 반짝이는 보석이 모습을 드러냈다.

내 길지 않은 인생에서
가장 충격적이고 힘든 사건을 겪었다.
하지만 그 사건 때문에
사람에 대한 믿음을 완전히 꺾고 싶지는 않다.
좋은 분들이 여전히 내 주변에서
자기 자리를 지켜주고 있다.
앞으로도 열린 마음으로 사람을 만나고
진심으로 대하며 사랑하고 싶다.

흘러가는 대로
내버려두는 연습

×

꽃바구니 사건 이후 내 유튜브 채널은 비난의 댓글로 도배되었다. 청와대가 관련되는 바람에 상상 이상으로 많은 사람이 내 채널에 와서 욕설을 퍼부었다. 댓글에 해명글이라도 달면 더 난리가 났다. 브랜드의 얼굴이었던 나는 그냥 가만히 욕받이가 되는 수밖에 없었다.

학교 다닐 때 반에 나를 싫어하는 친구가 한 명만 있어도 등교하기가 싫지 않나. 그런데 불특정 다수, 얼굴도 모르는 수많은 사람이 나를 조롱하고 욕한다고 생각하면 그 기분은 말 그대로 공포다. 내가 세상에서 가장 나쁜 사람이 된 것 같고 온 세상 사람들이 나를 싫어하는 것 같았다. 흔적도 없이 사라지고 싶다는 생각만 들었다.

유튜브를 해오는 동안 웬만한 악플에는 익숙해졌다고 생각했다. 유튜브를 통해 더 많은 사람들과 가까이 소통할 수 있게 되었지만 한편으론 블로그 때는 없었던 악플을 마주해야 했으니까. 사실 나는 누가 뭐래도 굽히지 않는 성격이다. 평소 남에게 피해 주는 걸 싫어하고 스스로 부끄러운 일은 하지 않으니 나 스스로는 정말 당당했다. 그래서 악플에도 별로 개의치 않았다. 그러나 온갖 인신공격과 모욕적인 욕설, 조롱과 저주에도 평정심을 유지하기란 불가능했다.

지인들과 만난 자리에서 악플에 대한 고충을 토로한 적이 있다. 그랬더니 어떤 분이 말했다.

"그건 네가 그 직업을 가졌으니 감수해야 하는 거 아냐?"

자주 듣는 말이다. 그걸로 돈 벌어 먹고사니 악플 정도는 감수하라고. 그래서 내가 말했다.

"그럼, 오늘 상사는 왜 욕했어요? 직장인이고 월급 받는데 상사랑 성격 안 맞는다고 힘들다고 하면 안 되는 거 아니에요?"

상사가 악담을 퍼붓는데 직장인이니까 그 정도는 감수해야 한다고 말하면 어떻게 받아들일까? 전화 상담 하는 분들이나 서비스업에 종사하는 분들을 감정노동자로 보고 보호해야 한다는 인식이 생겼다. 서비스업이니까 고객의 폭력적인 행태도 감수해야 한다고 하지는 않는다. 누구든, 어떤 일을 하든, 인신공격당하지 않고 일할 수 있어야 한다고 생각한다.

그래서 유튜브를 다시 시작했을 때는 떨렸지만 마음을 다잡았다. 내가 마주한 반응은 반반이었다. 환영해주는 사람도 있었고 역시 악담을 퍼붓는 사람도 있었다. 나는 맞받아치는 답댓글을 달기도 하고 도저히 볼 수 없는 댓글은 삭제하거나 차단해버리기도 했다. 예전엔 그렇게 하는 게 잘못이라고 생각했지만 이제 더는 안되겠다는 판단이 섰다. 그렇게 내 영혼을 갉아먹으면서 버티고 싶지 않았다.

그랬더니 '보고 싶은 것만 보고, 보기 싫은 건 안 보겠다는 거냐', '왜 정당한 비판을 받아들이지 않느냐' 하는 댓글도 달렸다. 용기를 내어 그전이라면 절대 하지 않았을 이야기를 했다. "네, 더 이상 보고 싶지 않습니다. 저를 너무 힘들게 하고 싶지 않습니다. 이제 좋은 것만 보고 좋은 것만 들으려고요." 생각해보면 그 사람들도 보고 싶은 것만 보려고 나한테 뭐라고 하는 게 아닌가.

그렇다면 바라건대, 모두가 최소한의 예의는 서로 지켰으면 좋겠다. 유튜버라는 직업에 영향력이라는 책임이 따르는 것처럼 댓글 한 줄의 영향력도 생각해봤으면 좋겠다.

유튜버라는 직업의 영향력을 알게 되면서 모든 것이 조심스러워졌던 건 사실이다. 영상을 만들 때도 눈치를 많이 보게 되고 자기검열을 하게 되었다. 성격도 바뀌었다. 카메라를 켜면 신이 나는 나였는데 가끔은 카메라 앞에서 오히려 차분해지는 나를 발견할 때가 있다. 나는 그냥, 실수하는 미완성인 사람이다. 하지만 작은 실수나 잘못도 새벽으로서는 해선 안 되는 일이었다. 나를 봐주는 사람이 많아지고 내 영향력이 커지는 만큼 나는 더 조심해야 했다.

한편으론 변한 나 자신을 보며 복잡한 심경이 들기도 했다. 이게 나다운 건가, 가식인가. 이렇게 변한 모습도 나인 건가, 아니면 원래의 내 모습을 되찾으려고 노력해야 하나. 참 많이 고민했던 것 같다.

그러다 든 생각이 그냥 흘러가는 대로 내버려두자는 것이었다. 조금은 내려놓게 된 것도 같다. 세상엔 다양한 사람이 있고 다른 사람의 생각까지 내가 어떻게 할 수 있는 건 아니니, '그래 어쩔 수 없지' 하고 생각해버린다. 모두가 나를 좋아할 순 없다는 걸 잘 알

'엇잠' 이라는 수식어를 넘어선 새벽킹

너무 낯같이 말했나구쩌 근데 정말 진심이야

누구보다 힘들덴데, 항상 긍정에너지로 옆에 있는 사람들께까지

용기와 에너지 얻을 수 있게 해줘서 넘 대견하고 엇져

기차까지 더 힘내서 앙내께 다 울리조네리라

다 나오면 우리 맛난 거 역 먹으러가자♡

으 랑 배 배 ♡

Your LOVE

19. 5. 20

있는 그대로의 나를 드러내도
나를 좋아해주는 사람들은 잔뜩 있었다.
그런 사람들에게 둘러싸여 지내는 요즘,
나는 그 어느 때보다 더 좋은 사람이 되고 싶다.

고 있다. 그럴 욕심도 이제는 없다.

　그리고 있는 그대로의 나를 드러내도 나를 좋아해주는 사람들은 잔뜩 있었다. 그런 사람들에게 둘러싸여 지내는 요즘, 나는 그 어느 때보다 더 좋은 사람이 되고 싶다.

암은 신나게
나에게로 왔다

✕

할 일이 산더미였다. 다시 유튜브에 복귀한 뒤 자리를 잡아가던 중이었다. 외부 업체에서 초청받은 행사도 두 개 잡혀 있었고 큰 프로젝트도 제안받은 상태였다. 이 일들을 다 해내기 위해서는 나를 괴롭히는 기침부터 빨리 처리해야 했다. 폐렴에라도 걸렸나 싶었다. 하도 기침을 해서 갈비뼈까지 아팠다.

때마침 설이라 연휴가 끝나기를 기다려 병원을 찾았다. 처음 갔던 병원은 정형외과였다. 기침도 기침이지만, 부기가 워낙 심해서 갈비뼈에 문제가 생긴 줄 알고 동네에 있는 정형외과에 갔던 것이다. 그런데 큰 병원에 가보란다. 뭔가 이상하다고.

얼마 전부터 한쪽 가슴께가 부어서 쇄골이 잘 드러나 보이지 않았다. 그뿐만이 아니었다. 머리를 감으려고 팔을 올렸다가 내리면 왼쪽 팔이 멍든 것처럼 보랏빛으로 물들었다.

큰 병원에 갔더니 엑스레이와 시티를 찍어야 한다고 했다.

'그래? 포토제닉하게 찍어보지, 뭐. 난 사진 찍는 거 좋아하니까.' 이때까지만 해도 별일 아닐 거라 생각했다.

며칠 후, 검사 결과를 들으러 다시 병원을 방문했다.

"환자분은 종격동 림프종입니다."

내 귀를 의심했다. 뭐라고? 선생님, 지금 뭐라고 하신 겁니까? 왼쪽 폐에 종양이 있는데 지름 8센티미터로 크기도 제법 크다고 했다. 종양이 자꾸 폐를 눌러서 그렇게 기침이 나온 거라고. 가슴께가 붓고 팔이 보라색으로 변한 건 피떡이 져서 그런 거란다.

림프종. 그중에서도 조금 희귀한 케이스. 하지만 림프종은 다른 암에 비해서는 완치율이 높다고 했다. 이런 걸 불행 중 다행이라고 하나. 그러니까 조금 희귀한 케이스이긴 하지만 완치가 가능한 암이다, 이거죠? 그럼 종양 까짓것 떼면 되지!

그래도 암은 암인가 보다. 병원에서는 빨리 부모님을 모셔오라고 했다. 언니가 울면서 부모님께 전화를 했고 엄마 아빠가 부산에서 부랴부랴 올라오셨다. 내가 가장 사랑하는 가족들이 하늘이 무너진 것처럼 자꾸만 울었다. 평소 눈물이 별로 없는 남자친구의 큰 눈도 빨갛게 변했다.

"나는 괜찮은데 다들 왜 그래⋯⋯." 괜히 큰소리쳤지만 사실은 속상했다. 나 정말 큰 병에 걸린 걸까. 실감이 나지 않아서인지 무섭다기보다 화가 나고 억울했다. 정말 나쁜 사람들도 이런 병 안 걸리고 잘만 사는데, 왜 하필 나여야 하는지. 내가 뭘 그렇게 죽을 죄를 지었냐고 세상에 묻고 싶었다.

나중에 알게 된 거지만, 나는 4기였다고 한다. 당시 의사 선생님은 기수를 말해주지 않으셨다. 다만 종양이 생긴 지 6개월이나 되었고 진행이 많이 된 상태라고 했다.

'6개월'이라는 말이 마음에 걸렸다. 믿었던 사람한테 속고 있었다는 사실을 알았던 때. 아무 의심 없이 사람을 믿었다는 이유만으로 내가 모두를 속인 사람이 되어야 했던 때. 진실을 말해도 아무도 들어주지 않는 것 같았던 그때. 그래서 난생처음 죽고 싶다고 생각했을 때.

애써 눌러놓았던 댓글과 기사 들이 다시 머릿속에 파노라마처럼 펼쳐졌다. 인격모독에 가까운 댓글, 단 한 번의 인터뷰나 사실

확인 없이 자극적으로 쓴 기사 제목, 내 심장에 박혔던 그 파편들이 결국 나를 여기로 몰고 온 걸까. 갑자기 닥쳐온 큰일 앞에서 원망할 사람을 찾고 싶은 거라고 말해도 할 수 없지만 솔직한 내 심정은 그랬다.

아마 이놈의 종양은 때를 넘보고 있었던 것 같다. 언제든 나에게 최악의 스트레스가 닥치면 출동할 준비를 하고 있다가, 내가 속았다는 사실을 알았을 때 '빼꼼' 했겠지. 그 후 나에게 쏟아진 아픈 말들과 그걸 견디며 땅을 파고 들어가던 나를 보고 '짜잔!' 하고 나타난 게 아닐까.

그렇게 암은 신나게 나에게로 왔다.

나는 '심기일전'이라는 말이 세상에서 제일 싫다. 항상 심기일전을 해야 했기 때문이다. 집안이 어려웠을 때도, 위기를 맞았을 때도 심기일전하자고 나 자신에게 수없이 말했다. 이번에도 꾸역꾸역 일어나서 심기일전해보려고 했다. 너무 많이 해서 지긋지긋한 심기일전. 그런데 또 심기일전을 해야 한다니 불쑥 짜증이 났다. 누가 나 잘되지 말라고 발목을 잡는 느낌이었다.

다행인 것은, 내 성격상 우울하고 슬픈 상태가 그리 오래가지 못한다는 거다. 무슨 일이든 2~3일이면 언제 그랬냐는 듯 떨치고 일어난다. 어쩌겠어. 종양이 있으면 떼어내고 치료하면 되지. 치료 잘하고 보란 듯이 잘 살자. 심기일전? 그거 완전 내 전문인데, 또 해보는 거야!

그렇게 마음을 정리하니 이상하게 개운해졌다. 웬일인지 자신 감도 솟구쳤다. 이거 내가 되게 멋있게 이겨낼 수 있을 것 같아. 오히려 이걸 기회 삼아서 다 잘 해낼 수 있을 것 같아. 그동안 그렇게 많은 일을 겪었으니까 이 정도는 할 수 있을 것 같아.

엄마 아빠는 나를 온실 속 화초로 키우셨는데…… 알고 보니 난 태생이 잡초였나 보다.

내 성격상
우울하고 슬픈 상태가 그리 오래가지 못한다.
무슨 일이든 2~3일이면
언제 그랬냐는 듯 떨치고 일어난다.
어쩌겠어. 종양이 있으면 떼어내고 치료하면 되지.
치료 잘하고 보란 듯이 잘 살자. 심기일전?
그거 완전 내 전문인데. 또 해보는 거야!

준비 완료!
남은 것은 치료뿐!

×

예정대로라면 내일은 구독자들과 만나는 날이 될 거였다. 하지만 나는…… 꼼짝없이 입원 중이다. 준비한 예쁜 원피스를 입고 멋지게 나타나야 했는데 난생처음 입어보는, 게다가 나한테 너무할 정도로 안 어울리는 연두색 환자복 신세다. 환자복도 패셔너블하게 소화하면서 씩씩하게 치료받으려고 했는데, 자꾸만 기분이 가라앉았다. 이건 환자복이 너무 안 어울려서 그런 거야. 그런 걸 거야.

림프종은 수술이 아니라 항암화학요법으로만 치료한다고 했다. 치료를 시작하기에 앞서 좀 더 세밀하게 병을 조사하기 위해 조직 검사를 받았다. 이동식 침대에 실려 가는 길, 온 가족이 우리 막둥이 잘 다녀오라며 울먹였다. 나도 그렇지만 가족 모두 처음 겪는 낯선 상황에 긴장했다.

그런데 조직검사는 말 그대로 그냥 검사일 뿐이었다. 큰일이라도 치르는 듯 눈물로 배웅했는데 생각보다 금방 끝나는 바람에 우리 가족은 단체로 머쓱해졌다. (나오는 나도 좀 민망했다.)

가족들이 너무 울어서 그 앞에선 의연한 척했지만 고백하자면 조직검사는 불편하고 아팠다. 태어나서 처음 느껴보는 이상하고 불쾌한 통증이었다. 그렇지만 내가 괜찮다고 해도 마음 아파할 가족들에게 차마 아팠다고 말할 수는 없었다. 내가 아픔에 좀 둔한 편이라 그나마 다행이었다.

첫 조직검사 이외에는 모든 것이 그저 평온하게 지나갔다. 내가 워낙 무던한 편이다. 그래서 주변 사람들이 이런 나를 답답해하곤 했다. 그러나 세상에 쓸데없는 것은 없다! 치료를 받는 동안 나의 둔함이 빛을 발했다.

검사를 위해 이동식 침대에 눕는 날이 매일같이 반복되었다. 그리고 그런 내 모습에 가족들이 익숙해져갈 때쯤 나는 림프종, 즉 혈액암 확진을 받았다. 언니는 암이 퍼져 있다는 내 왼쪽 가슴에 대고 "암, 너 빨리 꺼져!"를 하루에 한 번씩 속삭였다. 내가 우리 언니랑 평생 살아봐서 아는데 무서운 사람이다. 진짜 혼꾸멍나기 전에 말 들어야 하는데, 나 같으면 무서워서 진작 도망갔겠다!

언니의 샤머니즘적인 주술 덕에 암세포가 조금 불쌍해질 무렵 항암치료 계획이 세워졌다. 그리고 정맥주사를 지속적으로 맞기 위해 오른쪽 쇄골 아래에 '케모포트'라는 걸 심었다. 케모포트는 몸속에 있는 큰 정맥과 연결된 동전만 한 의료기구다. 여기에 주사를 놓으면 체내에 약물이 안정적으로 들어간다. 내 몸에 기계가 들어왔다! 성형 한번 안 해본 내 몸, 뭔가 레벨 업이 된 것 같기도 하고 기분이 묘했다.

우리 가족은 모였다 하면 케모포트를 칭찬했다. 보통 항암치료를 받으면 약을 열몇 가지 맞는데 이게 없으면 그때마다 주삿바늘을 꽂아야 한다. 팔을 바늘 자국으로 뒤덮지 않아도 되니 얼마나 고마운지.

그리고 제일 무서웠던 골수검사. 영화나 드라마에서 주인공들이 골수검사를 받으며 고통에 몸부림치는 것을 봐온 터라 너무나도 겁이 났었다. 그런데 웬걸, 나는 여린 주인공들과는 달랐고 역시나 둔했다. 그렇게 골수검사도 생각보다 쉽게 지나갔다. 골수검사까지 마치고 나니, 이제 준비 완료. 남은 것은 치료뿐이다.

암, 너네 이제 나한테 죽었어!

연두색 환자복을 입고 첫 검사를 끝낸 날.
환자복은 정말 안 어울리지만, 케모포트도 심었고 이제부터 진짜 시작!

암은 나를 바꿔놓지
못했다

✕

몸에서 처음 이상징후를 발견하고 병원에 간 날부터 1차 항암치료가 끝나기까지 꽤 오랜 시간 병원에 있었다. 시간이 갈수록 점점 자신감도, 활기도 닳아갔다. 신경이 날카로워졌고 자주 우울해했다. 그렇게 감정이 바닥을 향해 갈 때쯤, 드디어 짧은 외출을 허락받았다.

집에 와서 몇 주 만에 샤워를 하고 아늑한 내 방 침대에 누웠는데, 이루 말할 수 없는 기분이 몰려들었다. '나에게 지금 무슨 일이 일어나고 있는 거지…….' 익숙한 내 방은 늘 있던 모습 그대로인데 그 침대에 누운 나만이 스스로에게도 낯설었다.

내가 놓인 상황이 도저히 실감 나지 않았다. 집에 오면 좋기만 할 줄 알았는데 좋은 건지, 무서운 건지, 우울한 건지, 구분이 되지 않았다. 다만 낯설고 혼란스러웠다. 병원에 있는 동안 단단해 보여야 한다는 생각에 정리하지 못한 감정을 집에 와서야 따라잡고 있었던 것 같다.

며칠 뒤, 제대로 퇴원을 했다. 나에게는 2차 항암치료를 시작하기 전까지 얼마간 휴가가 주어졌다. 오랜만에 남자친구와 데이트도 하고 그토록 하고 싶었던 영상 촬영도 했다. 내가 아프다는 사실을 순간순간 잊어버렸다. 마치 아무 일도 일어나지 않았던 것 같은 착각도 들었다. '행복하다. 진짜 행복하다' 그런 생각만이 머릿속을 채웠다.

사랑하는 사람과 손잡고 걷는 게, 가족들과 둘러앉아서 밥을 먹는 게, 매번 하던 영상 촬영이 이렇게 어렵고 힘든 일이었다니. 평범했던 일상이 이제는 무척 간절한 일이 되었다. 매 순간이 너무 소중하고 빛나기만 했다. '반짝' 하고 빛이 사라지듯 지나가버리는 순간들이 얼마나 아까웠던지……. 보름도 안 되는 휴가 동안, 나는 시곗바늘을 줍는 마음이었다.

암 환자의 일상은 불안하지만 단순하다. 그저 잘 먹고 잘 자는 것. 하지만 그 불안이 일상을 방해했다. 항암치료를 받다 보면 백혈구 수가 줄어 조심해야 하는 때가 있다. 건강한 사람의 백혈구 수는 혈액 1마이크로리터당 4천에서 1만 개 사이라고 하는데 나는 고작 68개였다. 면역력이 그만큼 낮다는 뜻이다. 그래서 감염을 조심해야 하고 함부로 외출할 수가 없다. 특히 열이 나면 좋지 않은 사인이어서 수시로 체온을 체크해야 한다. 병원에서도 열이 많이 오르면 바로 응급실에 가야 한다고 여러 번 당부하셨다.

그러기는 죽기보다 싫었다. 한밤중에 열이라도 난다면 온 가족을 깨우고 가족들의 걱정 속에서 응급실로 가야 하는 거였다. 나도, 가족들도 너무 오랜만에 행복한 시간을 보내고 있었는데, 우리의 평온은 매일 매시간 체온계 앞에서 흔들렸다…….

그런데 어느 날 내 체온이 38도를 넘겨버렸고, 나는 결국 폭발했다. 매일 밤 제발 열이 오르지 않게 해달라고 빌고 또 빌었는데…… 열이 오를까봐 밤잠을 설치고 꿈까지 꿨는데……. 억눌러 왔던 감정이 쏟아져 내렸다. 통제력을 잃어버리고 울고 또 울었다. 항상 밝게 지내려고 노력했지만 그럴 수가 없었다. 치료를 받는 동안 몇 번이나 가족들과 남자친구 앞에서 무너져 울었다.

머리카락도 슬슬 빠지기 시작했다. 그러자 더 많이 빠지기 전에 쇼트커트를 해봐야겠다는 생각이 슬몃슬몃 드는 게 아닌가. '그래, 어차피 다 빠져서 대머리가 될 건데 해보고 싶었던 스타일이나 해보자!'라고 생각하니 다시금 신이 났다. 그리고 역시나(박수!) 너무나도 마음에 드는 스타일이 완성되었다. '나중에 머리카락이 다시 자라면 그때도 꼭 이 스타일 다시 해봐야지!' 하고 마음속으로 찜해놓기도 했다.

제아무리 암이라도 내 단순함을 바꿔놓지는 못했다. 열이 다시 올라 응급실에 다녀왔어도, 오래 길러온 머리카락을 한 뭉텅이 싹둑 잘라냈어도, 나는 원래의 나로 돌아왔다. 항상 밝진 않아도 오래 우울해하진 않는 원래의 나. 그렇게 나의 첫 휴가가 끝나가고 있었다.

내 손으로 긴 머리카락을 잘랐다. 꼭 한번 해보고 싶었는데.
숱이 많아서 한 번에 멋지게 되진 않았지만. 쓱싹쓱싹, 싹둑!

드디어 새로운 헤어스타일 완성! 언젠가 꼭 다시 해봐야지.

삭발?
지금이 아니면 언제 해보겠어

✕

머리를 짧게 자르고 나서도 머리카락은 사정없이 빠졌다. 아침에 일어나면 베개와 잠옷이 온통 머리카락투성이였다. 헨젤과 그레텔처럼 내가 지나가기만 해도 머리카락이 우수수 떨어졌다. 손만 갖다 대도, 빗으로 빗기만 해도 신기할 정도로 숭숭 빠졌다.

　결단을 내려야 할 것 같았다. 엄마가 내 두상이 예쁘다고 했으니 삭발해도 괜찮을 거야. 아니야, 이십 대 마지막을 삭발로 보내다니⋯⋯ 대머리 뷰티 유튜버라니⋯⋯ 너무 싫어. 하루에도 열두 번씩 마음이 왔다 갔다 했다. 자려고 누워서는 밤새 '항암 탈모'를 검색하기 시작했다.

그렇게 며칠 동안 항암 탈모 후기를 미친 듯이 읽었다. 탈모가 와서 힘들다는 글만 찾아다녔다. 나와 같은 상황에 있는 사람들이 나와 같은 마음을 말하는 그런 글을 보며 나는 동질감을 얻고 공감하고 위로받았다. 그게 바로 위로인가 보다. 최고의 위로는 공감이라는 말을 실감했다.

좀 더 생생한 항암 탈모 후기를 보고 싶어서 유튜브에서도 영상을 찾아봤다. 그런데 해외 영상밖에 없네? 우리나라 사람이 항암 치료 때문에 삭발한 후기는 글 외엔 없었다. 왜 없을까. 그럼 내가 한번 해볼까. 내가 위로받은 것처럼 누군가에게 더 생생한(?) 위로를 줄 수 있지 않을까?

몇 가닥 남지 않은 머리카락을 붙잡고 있다가 결국 삭발을 하기로 결정했다. 또다시 입원을 앞두고 있었던 때, 입원해서 더 빠질 것을 감안하면 차라리 깔끔하게 미는 편이 나을 것 같았다. 오늘 하나, 내일 하나, 어차피 해야 할 일. 더 이상 미룰 필요가 없었다. 가족들도 이때가 아니면 언제 삭발을 해보겠냐며 용기를 줬다. 그래, 비록 반강제지만 아주 신선한 경험인 건 분명해.

미용실엔 혼자 가기로 했다. 아니다. 내 카메라와 함께 가기로 했다. 엄마와 언니는 잘 갔다 오라고 말하면서도 내 얼굴을 제대로

쳐다보지 못했다. 내가 가고 나서 또 눈물을 쏟았을지도 모르겠다.

미용실에 미리 양해를 구하고 카메라를 설치했다. 곧 디자이너 선생님이 바리캉으로 내 머리카락을 밀기 시작했다. 몇 날 며칠 고민하고 결심한 건데도 막상 머리카락이 잘려나가는 걸 보자 다잡았던 마음이 또 조금씩 무너졌다. 그래도 삭발이 끝나갈 무렵에는 키위 같은 모습에 웃음이 터졌다. 처음 보는 내 모습이 신기하기도 하고 흥미롭기도 했다. 마지막에는 웃는 얼굴로 미용실을 나올 수 있었다.

울고 나서 이렇게 말하기는 민망하지만, 막상 머리를 깎고 나니 어색하긴 해도 마음에 들기까지 했다. 엄마와 언니도 나를 보더니 잘 어울린다며 좋아했다. 어떻게 된 게 이목구비가 더 예뻐 보이냐며. 언니는 아직도 내가 대머리였을 때가 가장 예뻤다고 말하곤 한다. (욕인지 칭찬인지 솔직히 모르겠다.)

문제는 남자친구였다. 남자친구한테 보여주는 건 아무래도 힘이 들었다. 민머리 여자친구라니, 미안한 일이 아닌데도 미안하고 싫었다. 자존심도 상했다. 이 사람은 왜 나를 만나서 겪지 않아도 될 상황까지 겪어야 할까…… 이런 나의 모습도 예뻐해주고 사랑해줄까……. 오만 생각이 다 들었다.

남자친구는 화이트데이 선물이라며 모자를 들고 왔다. 조용히 안아주는 남자친구에게 미안하다며 엉엉 울었다. 아니, 미안하다는 말도 제대로 못 했다. 남자친구는 너를 사랑하는 거지 네 머리카락을 사랑하는 게 아니라고 말했다. 그날 내가 화이트데이 선물로 받았던 건 모자가 아니라 나를 있는 그대로 사랑해주는 마음이었다. 여전히 그는 내 곁에서 매 순간의 나를 사랑해준다.

삭발 과정을 찍고 영상을 편집하는 동안, 그리고 편집을 마친 영상을 업로드하기까지 정말 많이 고민했다. 이걸 올려도 될까? 대머리 뷰티 유튜버, 사람들이 뭐라고 생각할까? 영상을 올릴 때까지만 해도 그렇게 이슈가 될 줄은 몰랐다. 조회수가 올라가는 속도가 너무 빨라서, 무서워서 한동안 보지도 못했다. 여기저기서 인터뷰 요청도 많이 들어왔다.

예상치 못한 반응에 만감이 교차했다. 역시 사람들도 이런 영상을 기다리고 있었던 걸까. 그동안 뷰티 카테고리에서 나름대로 좋은 콘텐츠를 만들려고 노력했는데 내가 만들어왔던 콘텐츠보다 암이라는 이슈가 더 잘되는 건가. 아니면 내 노력이 아직은 부족했었나……. 조금은 씁쓸하기도 했다.

내가 암 환자로만 보이지는 않을까 하는 걱정도 들었다. 나에게는 암 환자 말고도 여러 정체성이 있는데……. 화장품을 좋아하는 나. 일할 때 신이 나는 나. 여전히 사람을 사랑하는 나. 혼자 책 읽는 새벽을 소중히 여기는 나. 온갖 모습이 다 나다. 내가 암 환자인 것은 사실이지만, 그 강렬한 하나의 이미지에 붙잡히고 싶지는 않았다.

하지만 삭발하는 모습을 영상에 담고 유튜브에 올린 걸 후회한 적은 한 번도 없다. 내가 그랬듯이 누군가는 내 영상에 공감하고 위로받을 수 있을 테니까. 실제로 나를 보며 힘을 낸다는 메시지를 받을 땐 내가 더 용기를 얻었다. 누군가와 이렇게 특별한 감정을 주고받는 사람이 된다는 건 너무나 영광스러운 일이었다.

나는 암 환자이지만, 암 환자만은 아니다.
화장품을 좋아하는 나. 일할 때 신이 나는 나.
여전히 사람을 사랑하는 나.
혼자 책 읽는 새벽을 소중히 여기는 나.
온갖 모습이 다 나다.
그중 하나의 이미지에만 붙잡히고 싶지 않다.

뷰티 유튜버 새벽,
삭발 과정 돌연 공개

항암치료를 받으면서 머리가 빠지는 모습을 유튜브에 공유하기로 마음먹었습니다. 엄청나게 망설였습니다. 뷰티 유튜버로 오래 활동하다 보니 예쁜 모습만 보여드리고 싶은 욕심이 있었거든요. 또, 보시는 분들 마음이 어떠실지도 걱정됐습니다.

자고 일어났는데 진짜 역대급이에요
But today is the worst day

하지만 저와 같거나 비슷한 병을 가진 분들, 혹은 그 가족분들이 조금이나마 위로와 공감을 얻을 수 있다면 좋겠다는 생각이 들어서 용기를 냈습니다.

머리카락이 이렇게나 많이 빠졌어요. 공처럼 뭉쳐질 만큼 빠지더라고요. 괜찮을 줄 알았는데 꽤나 스트레스를 많이 받았습니다. 그럴 땐 다른 분들의 항암 탈모 경험담을 읽으면서 위로를 구했어요.

그러다가 입원을 하루 앞두고 삭발을 해야겠다고 결심했습니다. 병원에서도 머리가 빠질 걸 생각하면 입원 전에 미는 게 맞을 것 같았어요. 삭발은 어쩔 수 없는 선택이었지만 그 모습을 영상에 담기로 한 건 제 결정이었습니다. 제가 다른 분들의 경험담을 읽으며 위로받았듯이 다른 분들도 제 영상을 보며 혼자가 아니라고 느끼셨으면 했습니다.

그래서 오늘 머리를 아무래도 삭발을 해야 되긴 해야 할 거 같아요
So I guess I'll have to shave my head today.

울 만큼 울어서 더는 안 울 줄 알았는데 머리카락이 잘려나가는 걸 보니 또 눈물이 났어요. 가족들이랑 함께 왔으면 다들 너무 마음 아파했을 것 같아 혼자 오길 잘했다는 생각이 들었어요.

송형형 근데 키위 같아요 ㅋㅋㅋㅋ
But it looks like kiwi.kkkk

그래도 끝나갈 즈음엔 다시 웃음이 터졌어요.

이렇게 만든 한 편의 영상은 또 한 번 저를 예상하지 못했던 곳에 데려다 놓았습니다. 이 길이 어디로 이어질지는 모르겠지만 씩씩하게, 나답게, 할 수 있는 일들을 하면서 걸어가려고 합니다!

다시, 새벽dawn, again

해가 뜨기를
기다리며

힘들 때 곁에 있는 단 한 사람,
그거면 되더라고

×

영상에서는 항상 밝아 보이지만 나도 사람인지라 치료를 받다가 아프고 힘들 때는 짜증도 나고 화도 난다. 그럴 땐 카메라를 들 정신도 없어서 영상으로 남겨두지 못할 뿐이다.

그런 날이면 일기를 쓰거나 휴대폰 메모장에 내 마음속 이야기를 끼적이곤 한다. 아프기 전보다 생각할 시간이 많이 주어지기도 했고, 힘들 때일수록 충분히 내 감정을 돌아보며 스스로를 다독여야겠다 싶었다. 가족들 앞에서 씩씩한 모습을 보이기 위해서라도 나는 안으로 점점 단단해져가기 시작했다.

유일하게 내 '감정의 댐'을 터뜨리는 사람은 바로 남자친구. 부작용이 큰 편은 아니었지만 항암치료를 한 차례 끝낼 때마다 매번 새로운 고비가 있었다. 2차 치료가 끝나고 나서는 백혈구 주사를 맞았다. 앞서 말했듯이 항암치료 중에는 면역력이 약해져서 조심할 게 많은데, 이 주사를 맞으면 백혈구 수치가 올라서 휴가 기간에 활동하기가 약간 수월해진다.

문제는 맞고 난 뒤 2~3일 동안 온몸이 두들겨 맞은 듯이 아프다는 것. 백혈구 주사를 처음 맞았을 때 나는 겪어본 적 없는 낯선 통증에 엄청나게 당황했다. 퇴원하고도 며칠이나 방문을 닫아걸고 누워만 있었다. 퇴근하고 우리 집으로 온 남자친구가 조용히 방문을 열었다. 그 걱정 어린 얼굴을 보자 감정의 댐이 삽시간에 무너져버렸다. 나를 달래는 남자친구에게 사실은 너무너무 무섭다고 털어놨다. 앞으로 겪어야 할 일들이 감당할 수 없이 막막하다고. 더 이상 치료받고 싶지 않다고. 사랑하는 사람에게서 듣기에는 마음 아프고 속상할 말들을 쏟아냈다.

그는 어쩔 줄 몰라하며 나를 다독였다. 솔직히 말하면 그가 어떻게 반응했어도 나는 상관없었을 것 같다. 이렇게 내 감정의 댐을 터뜨리는 사람이 있다는 데 그저 감사했다. 나에게 위로받았다는 사람들, 걱정 끼치고 싶지 않은 가족들을 보며 밝게 지내는 것도 분명히 일상을 지속하는 힘이었다. 하지만 그때 나에게는 고인 감정이 상하기 전에 흘려보내줄 사람이 절실했다.

그러고 나서 또 한 번 예상치 못한 고비가 왔다. 오른쪽 머리에 발진이 생겼는데 그게 바로 대상포진이었던 거다. 휴가를 받아 잔뜩 들떠 있던 내게는 청천벽력 같은 소식이었다. 오른쪽 두피 전체가 찌릿찌릿 아파왔다. 어느 정도 항암치료에 익숙해졌다고 생각했는데 이놈의 암은 해볼 만하다 싶으면 이렇게 한번씩 사람을 뒤집어놓았다.

멍게처럼 포진이 돋아난 내 머리가 너무 징그럽게 느껴져서 거울도 볼 수 없었다. 내가 마치 괴물 같았다. 나는 또 나만의 굴을 파고 들어가기 시작했다. 방 안에 누워 아무것도 하지 않고 울기만 했다. 남자친구의 전화도 받을 수 없었다. 그러자 불쌍한 내 남자친구는 야근을 마치고 곧장 우리 집으로 달려왔다. 그는 나를 달래는 데도 제법 익숙해졌다.

목도리를 칭칭 감고 마스크를 끼고 남자친구의 손에 이끌려 야경을 보러 갔다. 서울이 한눈에 내려다보이는 언덕에 서서도 나는 계속 울었다. 화려하게 빛나는 도시를 발아래 두고 말을 잇지 못할 정도로 우는 나를 보면서 그는 무슨 생각을 했을까.

사랑하는 우리 새벽 공주님 ♥

정말로 많이 힘들텐데 ...
언제나 웃는 얼굴로 긍정적인 모습 보여줘서
너무 너무 고마워요 !!
우리 함께 잘 버텨보아요 :)
어떤 상황에서든 그대는 나의
변함없는 1 PICK 입니다 !
사랑해요 ♥

                              - 건님

종종 항암치료를 받는 사람들에게
어떤 말을 해야 하냐는 질문을 받을 때가 있다.
나는 곁에 있어주기만 하면 충분하다고 답한다.
내 얘기를 묵묵히 들어주는 든든한 어깨,
등을 쓰다듬어주는 따뜻한 손길이면
모든 게 전보다 훨씬 괜찮아졌다.
사랑하는 사람들에게 기대,
나는 한 고비 한 고비를 넘어가고 있다.

종종 항암치료를 받는 사람들 곁에서 어떤 말을 해줘야 할지 모르겠다는 질문을 받을 때가 있다. 그럴 때마다 나는 "그냥 곁에 있어주기만 해도 충분합니다"라고 말한다. 내가 아프다는 얘기를 했을 때 주변 사람들의 반응은 정말 다양했다. 그런데 사람들의 반응이 어떤 색깔이든 어떤 형태든 상관없었다. 나를 아끼고 사랑하는 그들의 마음을 알고 있으니까. 옆에 앉아서 내 얘기를 묵묵히 들어주는 든든한 어깨, 등을 쓰다듬어주는 따뜻한 손길이면 모든 게 전보다 훨씬 괜찮아졌다.

얼마 전, 어느 밤에 남자친구에게 이런 말을 했다. 내가 암에 걸린 게, 정말 좋은 사람을 꼭 알아보고 절대 놓치지 말라는 하늘의 계시 같기도 하다고.

새롭게 항암치료를 시작하러 가던 날에는 간호사 선생님들께 드릴 너스포켓(nurse pocket)을 준비했다. 너스포켓은 간호사들이 필요한 물건을 넣어 다닐 수 있는 파우치인데, 늘 나를 살펴주시는 분들께 작은 선물을 할 수 있어 기분이 좋았다. 엄마는 맛있는 반찬을 해오셨고 아빠는 집안일을 도맡아주셨다. 언니는 항상 나의 말동무가 되어주고 친구들은 자주 병문안을 와주었다. 이렇게 사랑하는 사람들에게 기대 나는 한 고비 한 고비를 넘어가고 있다.

우리는 모두
쉽게 정의 내릴 수 없는 존재

×

씩씩하게 3차 항암치료를 받고 있었다. 아니, 그런 줄 알았다. 그런데 그냥 지나칠 수 없다는 듯 또 다른 부작용이 찾아왔다. 이번엔 신체적인 부작용이 아니라 감정적인 부작용이었다. 소위 말하는 '현타(현실타격)'가 온 거다.

창밖을 바라보며 하염없이 울기만 했다. 나와 세상을 가로막은 창 너머로 사람들이 바삐 오가는 모습이 보였다. 저 사람들은 다 평범하게 잘 살고 있는 것 같은데……. SNS에 친구들의 소식이 올라온다. 나도 저기에 있어야 했는데……. 친구들이 병문안을 왔다. 각자 자기 위치에서 열심히 사는 모습이 너무나 빛나 보였다.

왜 나만 여기에 이러고 있어야 하지. 나도 나가서 하고 싶은 일이 너무너무 많은데. 물론 가까이에서 보면 다들 고민과 고충이 있겠지만 나는 그들과 멀리 떨어진 곳에 혼자 있는 것 같았고 그런 내 눈에 그들의 삶은 마냥 반짝이는 것만 같았다.

순간 나 자신이 패배자같이 느껴졌다. 머리카락은 하나도 없고 얼굴은 까매지고 손톱도 갈라졌다. 수액을 많이 맞아서 온통 퉁퉁 부었고 입술은 새하얗게 변했다. 이런 꼴을 하고 내가 여기에 있다는 게 용납이 안 됐다. 정신 차리고 보니 송두리째 바뀌어버린 나의 현실을 받아들이기가 힘들어졌다.

하루 종일 창밖만 바라보며 그러고 있으니, 병동 간호사 선생님들이 바쁘신 와중에도 신경 써주시고 위로해주셨다. 내 담당 간호사 선생님은 정신과 협진이 필요하면 해주겠다고도 하셨다. 하지만 그럴 필요까진 없었다. 한 3일 만에 기운을 차렸으니까. 역시 나의 좌절은 3일을 넘지 못하는구나! 나에겐 작심삼일이 아니라 좌절삼일이다.

항암치료를 받으며 가장 힘든 게 뭐냐고 묻는다면 그냥 내가 병실에 이렇게 있다는 것 자체다. 자아가 흔들리는 게 가장 견디기 힘들다. 나는 이런 사람이 아닌데, 환자가 아니라 그저 나로서 내가 좋아하는 일을 계속하고 싶은데……. 병실에 있는 나 자신이 낯설고 내가 아닌 것 같았다.

그럴 때는 내가 어떤 사람인지, 뭘 할 수 있는지 끊임없이 생각해야 한다. 그걸 놓치면 견딜 수 없을 것 같았다. 내 스스로 나의 자아를 명확하게 하고 싶었다. 문득 이런 생각이 들었다. 내가 이런 상황에 처한 건 정말 슬픈 일이지만 어쩌면 이런 나만이 만들어낼 수 있는 콘텐츠가 있지 않을까. 일생에 한 번 해볼까 말까 한 삭발도 했는데, 삭발한 내 모습도 기록으로 남겨두면 좋겠다. 뷰티 크리에이터 새벽으로서, 아니 그냥 '나'라는 사람으로서 의미 있는 일이 될 테니.

나는 '뷰티' 크리에이터다. '아름다움'에 대한 콘텐츠를 만드는 사람. 내가 아름다움에 흥미를 느꼈던 이유는 명확한 기준이 없어서였다. 그런데 왜 나는 나를 아름답지 않다고, 괴물 같다고 여겼을까. 내 아름다움의 기준은 내가 정해야겠다. 꼭 머리카락이 있어야 아름다울 수 있는가? 꼭 머리카락이 있어야 뷰티 크리에이터인가? 아니야, 아니라는 걸 내가 보여주겠어.

3차 치료가 끝나고 삭발한 내 모습을 남겨두기 위한 화보 촬영을 계획했다. 쇄골 아래에 심은 케모포트도 드러내기로 했다. 나에

173

게 약을 공급해주는 고마운 존재. 사실 처음에 케모포트를 피부 속에 넣고 나서 볼록 튀어나온 자국을 봤을 땐 어색하고 무서웠다. 하지만 이것도 내가 잘 이겨내고 있다는 증표니까 케모포트까지 화보에 담고 싶었다.

오랜만에 화보 작업을 하기 전날, 너무 떨리고 긴장됐다. 그날 어찌나 떨었던지 당일 아침에는 오히려 긴장되기보단 설렜다. 가라앉은 듯, 들뜬 듯, 묘한 기분으로 목욕재계를 하고 손톱도 깨끗이 잘랐다. 메이크업도 자연스럽게, 누가 봐도 내 얼굴처럼 보이게 했다. (물론 후보정도 너무 잘해주셨다. 고맙습니다!) 머리카락도 없고 내 몸에 심은 케모포트도 보이고. 사람들의 눈에 익숙하지 않을지 모르지만 지금의 나를 거짓 없이 드러낸 촬영이었다.

나는 내 정체성을 지키고 싶어 하던 대로 유튜브를 하고 항암일기도 영상으로 올렸다. 그런데 그 후의 반응은 사실 많이 혼란스럽기도 했다. 한때는 사람들이 나를 그저 사기꾼으로만 보며 조롱하고 비난했는데, 아무리 아니라고 말해도 믿어주지 않는 것 같았는데…… 하룻밤 새에 나를 무슨 천사라도 되는 것처럼 바라보는 게 아닌가. 예나 지금이나 나는 변함없는 나인데, 병을 얻은 뒤 뒤바뀐 반응이 낯설고 당황스러웠다.

비단 나에게만 해당되는 이야기는 아닐 것이다. 우리 모두 타인에게 오해받고 타인을 오해하며 살아간다. 우리는 다른 사람을 완전히 이해할 수 없기에 보이는 부분, 단편만을 보고 섣부르게 판단하기 쉽다. 어떤 사람들은 화면 속 내 모습만을 보고 "얘는 이런 사람이야"라고 단정 짓기도 한다. 아마 나도 누군가에게는 그랬을 것이다.

우리는 때로 아주 단편적인 모습, 찰나의 순간만을 보고 한 번에 어떤 사람을 '나쁜 사람' 혹은 '좋은 사람'이라고 규정해버린다. 이런 이미지는 생기기는 쉬워도 버리기는 어려운 것이기에, 우리는 우리가 가진 이미지를 맹신하기도 한다. 하지만 사람은 그리 단순하지 않다는 것을, 그렇기에 타인이 쉽게 정의할 수 있는 존재는 아니라는 것을, 화보 작업을 통해 나 자신을 비롯한 많은 사람에게 이야기하고 싶었다.

외모가 어떻게 달라지든, 사람들이 나를 바라보는 시각이 어떻게 달라지든, 누가 나를 어떻게 재단하든, 흔들리지 말자고 다짐했다. 그냥 사진 한 장 찍은 거라고 생각할 수도 있지만 나에게는 무척 뜻깊은 작업이었다. 머리카락도 화려한 의상도 그 어떤 장식도 없이 촬영을 하며 홀가분했고 진정으로 자유롭다고 느꼈다.

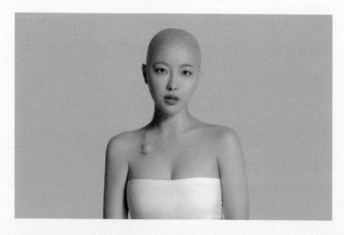

우리는 살면서 타인에 의해 쉽게 정의되곤 합니다.

이상한 사람이 되어 있기도 하고,

혹은 괜찮은 사람이 되어 있기도 합니다.

그런 정의와는 상관없이 나는 늘 나인데 말이죠.

이번 화보의 제목은 'undefinable(정의할 수 없는)'입니다.

우리는 어느 누구도 쉽게 정의 내릴 수 없는 존재입니다.

나의 크루즈는
멈추지 않고 나아간다

×

항암치료는 일주일간 병원에 입원해서 진행하고 3주를 쉬었다가 다시 1주 병원에 들어가는 스케줄로 반복된다. 처음에는 5인실에 머물렀는데 혼자 있는 시간을 중요시하고 자유롭게 지내던 사람이라 그런지 적응하기가 힘들었다. 하루 종일 뱃멀미를 심하게 앓는 것처럼 오심이 계속되면서 더더욱 예민해졌다. 다인실에서 일어나는 여러 일들(옆 침대 할머니가 갑자기 돌아가신다거나 상황이 나빠져서 어디론가 실려 가시는 일들……)을 보고 듣는 통에 '멘탈'이 흔들리기도 했다.

고민 끝에, 병실을 1인실로 옮겼고 다시 마음을 다잡았다. 그놈의 심기일전을 또 시작했다. '그래 이 병실은 배야! 나는 지금 크루즈 여행을 하고 있어.' 그리고 나의 여행에 친구들을 더 초대하기로 했다. 방명록도 만들었다. 병원에서 보내는 시간들을 내 것으로 채워갔다. 친구들은 색색의 연필로 그림도 그려주고 방명록도 쓰고 갔다. 즉석카메라를 두고 함께 사진도 찍었다. 이 방명록은 두고두고 나에게 추억을 넘어선 재산이 될 것 같았다. 무엇보다 일단 재미있으니까!

내 여행에 초대된 친구들 중에는 나를 보자마자 펑펑 우는 친구도 있었고, 평소처럼, 아니 더 아무렇지 않게 떠들고 웃다가 가는 친구도 있었다. 그들의 눈물도, 웃음도, 농담도 심지어는 잔소리까지 모두 나를 위하는 마음이란 걸 나는 알았다. 어떠한 형태의 위로든 모든 게 따뜻했다. 그들이 내어준 시간과 마음 들을 나는 절대로 잊지 못할 것 같다. 한시가 바쁜 세상에 이런 여행에 동참해주는 게 얼마나 감사한지.

역시 나는 인복이 많은 게 틀림없었다. 내 주변 사람들 그리고 모니터 너머로 나를 진심으로 응원해주는 구독자들이 있는데 이이상 더 큰 인복이라는 게 있을까? 이런저런 일들을 겪으면서도 계속 사람을 믿고 아끼고 사랑하는 일을 멈추지 말자고 다짐했었는데 지금 생각해도 그러길 정말 잘했다.

　나의 여행이, 아니 이 모험이 늘 순항했던 것만은 아니다. 음식 냄새만 맡아도 토할 것 같은 날들이 있었다. 괴롭게도 속이 비면 그 정도가 더 심해졌기 때문에 뭐라도 꾸역꾸역 집어넣어야 했다. 처음 병원에 입원할 때는 모처럼 혼자의 시간이니 영어 공부도 하고 밀린 책 읽기도 하자며 나름대로 여유로운 계획을 세웠지만 실천할 수가 없었다. 컨디션이 너무 안 좋아서 글씨는커녕 드라마 내용도 눈에 들어오지 않았다. 눈만 뜨면 시작되는 고통에 자는 것 말고는 할 수 있는 게 없었다.

　우리 가족은 이 여행에 본인들의 생활을 내려두고 동참했다. 엄마는 그때그때 내가 조금이라도 먹고 싶어 하는 음식이 생기면 곧장 해다 주셨다. 내가 힘없이 쓰러져 있으면 '우리 막둥이가 또 힘이 드는구나' 하고 내 머리를 쓰다듬고 또 쓰다듬었다. 절대 안 울고 씩씩하게 나를 대해주던 엄마였지만 외할머니의 전화를 받고는 많이 우셨다. 나도 힘들 때 엄마가 보고 싶으니까, 엄마도 엄마의 엄마가 보고 싶었겠지.

　아빠는 그때 35년간의 군인 생활을 막 끝내신 참이었다. 수고하셨다고 축하받으셨어야 했는데 우리 가족에겐 그럴 겨를이 없었

암 투병

흰 배꽃 필 무렵 목련 같은 딸 가슴에
불길한 갈색점이 슬며시 번질 때
하늘은 짙은 먹구름 세상 모두 어둡다.

봄볕을 뒤로하고 들어가는 긴 터널
앞선 딸 뒷모습은 한 마리 작은 새
뚝뚝뚝 동백꽃 질 때 붉혀지는 눈시울.

애써 보인 하얀 미소 오히려 슬퍼 보여
속울음 꿀꺽 삼키고 눈빛으로 약속한다.
저 멀리 출구를 향해 우리 함께 같이 가자.

_ 딸을 보러 가는 기차 안에서, 아빠가

다. 아빠 또한 길었던 군 생활을 돌아볼 여유가 없었다. 내가 머리를 밀던 날 아빠는 잠깐 부산에 가 계셨다. 서울에 올라와보니 어느덧 민머리가 되어 있는 딸의 손에 아빠가 손을 겹쳤다. 까맣고 둔탁한 아빠의 손등 위로 눈물이 뚝뚝 떨어졌다. 나는 그렇게 아빠를 울리는 딸이 되었다.

내가 세상에서 가장 사랑하는 우리 언니. 내가 아프고 나서 가장 걱정한 사람은 내가 아니라 언니였다. 어릴 적 고생하던 시절부터 우리는 항상 하나였다. 언니가 아프면 내가 더 아팠고, 내가 아프면 언니가 더 아팠다. 보이지 않는 무언가로 단단히 연결된 우리 언니가 나 때문에 저러다 쓰러지지 않을까 조마조마했다. 그리고 이상하게도 우리 언니는 내가 아픈 데 죄책감을 가지고 있었다. 정말 바보같이…….

가끔은 파도에 흔들렸고 어느 날은 순항했지만 나의 배는 멈추지 않고 나아갔다. 많은 사람들이 내 여행을 함께해준 덕에 병원에서의 생활은 그래도 행복하게 기억되고 있다. 휴가 계획을 짤 때면 남자친구는 늘 이런 말을 한다. '어딜 가든 상관없어. 누구와 가느냐가 가장 중요해.' 내가 어디에 있든 든든한 나의 사람들이 곁에 있어서 나는 흔들리는 배에서도 행복할 수 있다.

암 환자도
메이크업을 합니다

항암치료 얘기를 담은 영상에서 전에 없던 반응을 받으면서 암이라는 것 자체가 자극적인 이슈라는 사실을 알게 되었습니다. 소식이 알려진 이후로 사람들이 저를 마냥 슬프고 진지하게만 바라보는 것도 같습니다.

그런데 저는 원래 그리 무거운 사람이 아닙니다. 오히려 유쾌하고 가벼운 사람이라고 생각합니다. 그걸 영상에서 그대로 보여주려고 했는데 밝은 모습을 보여도 그건 그것대로 '짠해 보인다'는 말을 듣더라고요. 본의 아니게 '비련의 여주인공' 캐릭터가 생겨버렸나 봐요.

제 유튜브 채널이 암 투병 카테고리로 분류되기도 했고 많은 분들이 그동안 해오던 콘텐츠보다 투병 이야기를 더 보고 싶어 한다고 느끼기도 했습니다. 하지만 분명한 것은, 제 정체성이 암 환자만은 아니라는 것이에요. 나라는 사람의 정의가 환자가 되는 건 원하지 않습니다. 항암치료에 대한 이야기보다는 '나의 라이프스타일'에 대한 혹은 '뷰티 크리에이터'로서의 이야기를 더 많이 나누고 싶어요.

간혹 메이크업을 하는 게 투병 중인 몸에 좋지 않다고 걱정해주시는 분들도 계십니다. 암 환자가 무슨 화장이냐고 하시는 분들도 계시고요. 그렇지만 환자라고 해서 '허연 입술에 병든 모습'으로 있어야 한다는 법은 없지 않을까요? 메이크업은 저에겐 일이자 저를 표현하는 도구이고, 저는 아파도 저니까요. 무엇보다 메이크업을 할 때 제가 행복합니다. 저한테 행복한 일을 하는 게 투병에도 더 도움이 되지 않을까 싶어요.

꾸준히 일상 콘텐츠와 더불어 뷰티 콘텐츠를 만들고 있습니다. 누군가는 그냥 조회수 잘 나오는 항암 콘텐츠를 만들라고도 합니다. 그래도 저는 숫자를 좇기보다는 제 중심을 지키고 싶어요. 그런 의미에서 그동안 했던 메이크업을 소개합니다.

고혹적인 가을 황제 메이크업

우주에서 떨어진 유니콘 캔디를 먹으면……?

햇빛 받은 당근 메이크업

봄 데이지 메이크업

쿨 핑크 메이크업

머리카락을 잃은 뒤
얻은 것

×

삭발을 하고 나서 적응하는 데 시간이 좀 걸렸다. 처음 며칠간은 싱크대에 비치는 내 모습에도 깜짝깜짝 놀라곤 했다. 그런데 머리카락 없는 나에게 익숙해지고 보니 오히려 편해진 점도 있었다. 나는 오랫동안 긴 머리를 유지했고, 항상 고데기로 예쁘게 웨이브를 만들고 다녔다. 그러자면 머리를 감고 말리고 스타일링하는 데 시간을 꽤 들여야 했다. 하지만 삭발을 하고 나서는…… 머리를 감을 일조차 없었다. (상상이 가시죠? 세안하면서 한 방에 해결 완료…….)

그리고 나에게 '가발'이라는 새로운 세상이 열렸다. 기존에 내가 했던 스타일링이랑은 차원이 달랐다. 훨씬 더 다양하고 재밌었다. 파란 머리도 해봤다가 노란 머리도 해봤다가, 이런 걸 언제 또 해볼까 싶었다. 세상에 이렇게 많은 모자와 가발이 있다는 것도 처음 알았다. 나는 곧 그것들을 활용해서 스타일링하는 재미에 푹 빠졌다. 머리카락은 사라졌지만 새로운 재밋거리가 생긴 거다. 세상은 다 뺏어가는 것 같지만 더 큰 걸 가져다주기도 했다.

시간이 지나서는 모자나 가발 없이 다닐 때가 더 많아졌다. 그러자 사람들의 시선이 느껴졌다. 언젠가는 대놓고 물어보는 분들을 만난 적도 있었다.

"아가씨는 왜 머리가 없어? 뭐 치료해요?"

"저 항암치료 중이어서……."

"쯧쯧, 어떡해. 젊은 사람이……."

악의 없이 안타까워서 하는 말인 줄 알지만 마음이 힘든 날에는 저런 말들도 속상했다. (남의 헤어스타일이 어떻든 이런 오지랖은 좀 그렇지 않나요?) 그냥 자연스럽게 받아들여줬으면 좋겠다. 세상에는 다양한 사람이 있고 모두가 타인에게 자기 사정을 말하고 싶지는 않을 수도 있으니까.

지금 새로 쓰는 약은 머리가 빠지는 부작용이 없다. 그러다 보니 짧게 깎았던 머리카락이 다시 자라고 있다. 이제는 아파서 머리카락이 빠진 것이라기보다는 원래 내 스타일 같다. 항암치료를 받기 전에는 내 스타일인 줄도 몰랐던, 내 스타일.

유튜브를 하면서 고수해온 스타일들이 있다. 좋아하는 스타일이긴 했지만 오래 유지하다 보니 그 틀에 나도 모르게 갇혀 있었던 것도 같다. 그런데 어쩔 수 없이 했던 삭발이 틀을 깨는 계기가 되어주었다.

삭발 스타일뿐 아니라 여러 가발도 써보고 거기에 맞춰 패션과 메이크업도 다양하게 시도했다. 기존의 '뷰티 유튜버 새벽'이라면 상상도 못 할 모습들을 스타일링하면서, 나를 고정할 필요가 없다는 생각을 했다. '새벽 스타일'의 스펙트럼을 끊임없이 넓혀갈 수 있었다.

또, 나는 누군가에게 스타일을 소개하는 사람이니까 나를 보는 사람들도 좀 더 넓은 스타일의 스펙트럼을 가질 수 있지 않을까 하는 생각도 한다. 새로운 것들을 보여준다는 데도 의미가 있지 않을까? 여러분! 세상에는 찰랑찰랑한 긴 머리가 아니어도, 이런 스타일도, 저런 스타일도 있어요!

만약 이런 일이 없었다면 나는 평생 나에게 어울린다고 믿었던 고정된 스타일, 그것 하나만 했을 수도 있다. 그 틀에서 벗어났다는 건 나에게 큰 발전이라고 생각한다. 내 커리어를 위해서든, 내 인생 전체를 위해서든. 할 수밖에 없어서 한 삭발이었는데 오히려 어떤 의미에서는 해방이었다.

예전의 나였다면 시도해볼 생각조차 못 했을 헤어와 메이크업.
세상은 다 뺏어가는 것만 같아도 가끔 더 큰 걸 돌려준다.

항암이 선물해준
'가발 쓰는 재미'를 소개합니다

삭발을 한 뒤 가발 스타일링하는 재미가 쏠쏠합니다. 초반에는 손질하기 쉬운 단발 가발을 즐겨 썼는데. 점점 가발 스타일링이 손에 익다 보니 긴 머리에도 도전하게 되었어요. 여러 번의 실패를 거쳤지만 이젠 커트도 곧잘 한답니다. 제가 아끼는 가발 네 가지를 소개해볼게요. 삭발을 해야 하는 상황이라든지, 탈모로 고민하고 있다든지 혹은 가발을 통해 다양한 스타일을 즐기고 싶은 분들에게 도움이 되었으면 좋겠습니다.

1. 매그미 머메이드 맥시 웨이브

긴 머리에 물결 웨이브가 들어간 가발이에요.

늘 긴 머리를 유지했는데 삭발을 하고 보니 긴 머리에 대한 아쉬움이 있었던 것 같아요. 머리가 길었을 때 자주 했던 스타일이라 익숙하기도 해요.

처음 쓸 때는 정수리 부분에 볼륨을 살짝 넣어줘야 더 자연스럽게 쓰기 좋아요. 확실하게 기분전환이 되는 가발!

2. 핑크에이지 옴브레 레이어드 루즈 C컬펌

윗부분과 아랫부분의 컬러가 살짝 다른 가발입니다. 머리가 길었을 때 종종 투톤으로 염색을 했었는데, 마치 그때로 돌아간 듯한 기분이 들어요.

처음에는 조금 어색하게 느껴져서 집에 두고 잘 안 쓰다가 가발 손질에 익숙해진 이후에 자주 썼어요. 옆머리를 약간 커트하면 훨씬 자연스럽고 예쁘게 쓸 수 있답니다.

엉킴이 있어서 이 가발을 쓰고 일상생활할 때는 조심하셔야 해요!

3. 매그미 마이 하니 보브

저는 머리카락이 워낙 얇아서 염색이나 탈색은 꿈도 못 꿨었는데, 가발을 쓸 땐 매일매일 다른 색깔 머리를 원하는 대로 연출할 수 있어서 좋아요.

단발병, 앞머리 자를까 말까, 탈색 할까 말까 평생의 숙제를 한 방에 해결해주는 가발이에요.

길이가 짧아서 일상생활할 때도, 손질하기도 너무 편합니다!

4. 템퍼헤어 펌프킨 스파이스

지금까지 소개한 가발 중 유일한 인모 가발이자 가장 비싼 가발!

무려 해외에서 직구를 해서 2~3주의 기다림 끝에 받은 가발입니다.

대학교 때 오렌지색으로 염색했다가 대차게 망하고 평생 다신 못 해보나 했는데 꿈에 그리던 딱 그 컬러!

이것처럼 헤어라인 전체에 레이스를 덧댄 풀 레이스 가발은 자연스럽긴 하지만 '가발 본드'를 사용해야 하는 불편함이 있어요. 이 가발 본드도 직구를 해야 하거든요.

저는 그러기 귀찮아서 앞머리를 집에서 커트했어요. 색깔도 워낙 예뻐서 쓸 때마다 기분이 좋아져요.

우리는 우주에서
단 하나뿐인 리미티드 에디션

╳

학창 시절에 나는 질투에서 헤어 나오지 못한 적이 많았다. 워낙 할 줄 아는 게 없는 아이였다 보니 나보다 뭔가를 잘하는 친구와 나 자신을 비교하며 질투하고 괴로워했다. 그러다 깨달았는데, 질투라는 감정은 정말 아무런 도움도 되지 않는다. 남과 나를 비교하는 행동 자체가 내 영혼을 갉아먹는다는 것을 이젠 안다.

그래도 사람인지라 때로는 비교를 하고 질투를 할 때도 있다. 그럴 때는 '내가 지금 질투가 나는구나, 저 사람이 부럽구나' 하고 빨리 인정해버린다. 그런 다음 '이렇게 해봤자 나한테 도움 안 되니까 그만하자'라고 마음을 다잡는다. 질투를 잠재우기 위해 내가 스스로 되뇌는 주문이 있다.

'남과 나를 비교하는 건 큰 돌덩이를 안고 바다에 뛰어드는 거나 마찬가지야.'

정말 그렇다. 돌덩이를 놓아버리기만 하면 내 힘으로 떠오를 수 있는데, 그걸 못 놓으면 점점 가라앉는다는 점에서. 이 주문을 되뇌며 마인드 컨트롤을 반복하다 보니 이제는 남과 나를 비교해서 마음이 힘든 일은 많이 없어졌다. 그래도 방심하지 말고 정신을 바짝 차려야 한다.

더군다나 유튜버라는 직업의 특성상 늘 사람들 앞에서 평가받고, 일의 결과가 구독자 수나 조회수로 바로바로 눈에 보인다. 가끔 노력하는 만큼의 결과가 안 나올 땐 나 자신이 한없이 초라하게 느껴지거나 쓸모없는 존재라는 생각도 든다. 어떤 때는 세상이 다 나를 손가락질하는 것 같기도 하다.

그럴 때 나도 모르게 다른 사람과 나를 비교하거나 어떤 사람을 질투하는 마음이 스멀스멀 올라오기도 한다. 하지만 누군가의 결과만 보고 질투하는 것은 그 사람에게 큰 실례다. 그 사람의 노력을 폄훼하는 게 아닌가. 누가 엄청 잘됐다면 부러운 마음이 들 수는 있다. 하지만 그 사람이 뒤에서 어떤 노력을 얼마나 했는지 모르지 않나. 남이 하는 일은 다 쉬워 보인다. 직접 겪어보지 않으면 모르는 일이다. 누군가가 좋은 결과를 얻었다고 해서 질투한다면 그 사람이 결과를 얻기 위해 밟아온 과정을 무시하는 거라고 생각한다.

누구나 다른 사람을 부러워할 수 있다. 그런 감정 자체가 나쁜 건 아니다. 다만 그 에너지를 긍정적으로 발산할 수 있어야 한다. 빗나간 질투가 아니라 건강한 부러움은 나 자신을 발전시킬 동기를 부여해준다. 그러나 그 감정이 시기심으로 변질되지 않도록 스스로 잘 조절할 필요가 있다. 나는 질투할 시간에 좋은 점은 배우고 내 콘텐츠와 영상을 더 발전시킬 궁리를 하려고 노력한다. 그게 나를 위한 길이기 때문이다.

일을 할 때나 일상생활을 할 때 다른 사람과 나를 비교하며 나쁜 감정의 늪에서 벗어나지 못하는 사람이 있을 것이다. 그렇다면 이렇게 생각해보면 어떨까?

어느 날 유명 브랜드에서 만든, 우리나라에 딱 하나 들어온 한정판 가방을 가지게 되었다. 과연 그 가방을 어떻게 대할까? 어쩌면 함부로 들고 다니지도 않을 것이다. 비라도 온다면? 절대! 네버! 비는 내가 맞고 말지 이 중한 가방은 절대 비 맞지 않게 하려는 사람도 있을 것이다.

하물며 생명이 없는 물건도 전국에 하나뿐이라면 아끼고 소중하게 대할 텐데, 전 세계에, 아니 우주에 하나뿐인 나 자신이라면 더 아껴줘야 하지 않을까. 우리는 모두 대체 불가능한 존재다. 내가 지어낸 말이지만 나는 '우주 리미티드'라는 말을 쓴다. 우리 모두 세상 어디에도 없는 나라는 한정판을 소중하게 다뤄주자!

생명이 없는 물건도 전국에 하나뿐이라면
아끼고 소중하게 대할 텐데
전 세계에, 아니 우주에 하나뿐인
나 자신이라면 더 아껴줘야 하지 않을까.
우리는 모두 대체 불가능한 '우주 리미티드'다.
우리 모두 세상 어디에도 없는
나라는 한정판을 소중하게 다뤄주자!

긍정적이지 않아도
괜찮아

×

사람들은 나에게 어떻게 그렇게 힘든 상황을 긍정적으로 이겨낼 수 있느냐고 묻는다. 내가 생각해도 나는 슬프거나 우울한 상태가 오래가지 않는 편이다. 앞에서도 말했지만 '좌절삼일'이다. 이제 껏 나쁜 상황도 있었지만 돌이켜보면 아무리 나쁜 경험이라도 어떤 식으로든 도움이 되었다. 과거의 실수가 더 큰 실수를 막는 계기가 되어주기도 한다. 그래서 나는 실수를 해도 '운 좋게 실수했다'고 생각한다.

그런데 내가 무슨 주술 같은 걸 외워서 긍정적인 건 아니다. 어마어마한 비법이 있는 것도 아니다. 여러 번 질문을 받다 보니 무엇이 나를 긍정적으로 만들었을까 생각해보게 되었다.

　우선은 아빠의 영향을 많이 받은 것 같다. 우리 아빠는 아주 긍정적인 분이고 작은 것에도 쉽게 감동한다. 지하철역에 있는 분수대만 봐도 "와, 정말 멋있다. 물 떨어지는 게 정말 아름답지 않니" 하며 감탄한다. 그 유전자를 내가 물려받은 게 아닌가 싶다.

　다른 하나는 일종의 자기보호일 것이다. 사실 나는 스트레스를 잘 극복하지 못하는 사람인 것 같다. 앞서 말했듯 큰 충격이나 스트레스를 겪었을 땐 정신과의 도움도 받았다. 지금도 쉽게 잠들지 못한다거나 잠이 들어도 꿈을 너무 많이 꿔서 피곤할 때가 있다. 어쩌면 내가 지금 가지고 있는 암 덩어리도 스트레스를 극복하지 못해서 생긴 결과라고 생각한다.

　큰 스트레스가 아니어도 일상적인 스트레스는 누구나 많이 느끼고 힘들어할 것이다. 그럴 때 나는 개인적인 시간을 충분히 갖는다. 혼자서 남 눈치 안 보고 펑펑 울어도 보고, 스스로를 다독여준다. 그리고 어차피 내가 이기지 못할 스트레스를 빨리 떨쳐버린다.

　긍정적으로 생각하는 게 내 마음이 더 편하고 정신 건강에 좋기 때문에 그렇게 마인드 컨트롤을 하는 것이다. 누군가를 미워하고 슬퍼하고 분노하는 데 쓰는 에너지도 만만치 않다. 그런 부정적인 에너지에 휩싸여 있으면 내가 곪아가고 있는 게 느껴진다.

그러니 분명 노력해서 학습한 긍정도 있다고 생각한다. '지금부터 긍정적으로 생각하자'라고 마음먹는다고 해서 하루아침에 그게 될까. 긍정적인 생각은 근육과 같아서 운동처럼 훈련하는 시간이 필요한 것 같다. 나는 대학 시절에 감사일기를 썼고 지금도 종종 쓴다. 그것도 아마 훈련의 일종이지 않았을까.

또 하나, 내가 부정적인 기운을 떨치는 데 도움을 받은 게 있다. 바로 유산소운동이다. 대학교 때 운동과 건강에 대한 수업을 들었는데 유산소운동을 하면 긍정적으로 생각하게 하는 호르몬이 나온다는 논문을 봤다. 단순한 나는 그때부터 유산소운동도 열심히 했다. 혼자 달리기도 하고 수영도 하고 산에도 올랐다.

사람이 참 간사한 게, 땀을 뻘뻘 흘리며 운동을 하면 당장 내 몸이 너무 힘들어서 순간적인 스트레스나 당장의 고민은 생각도 안 난다. 그래서 몸 건강은 물론 정신 건강을 위해서 주 3회 숨차고 땀날 만큼의 운동을 꼭 했다. 잠시라도 걱정, 고민을 잊을 수 있는 길이었다.

괴로울 때일수록 나가서 미친 듯이 달리고 나면 기분이 나아졌다. 악플로 너무 괴로웠을 때는 마음 아픈 댓글 하나마다 5분씩 뛰

자고 다짐했다. 그러다 죽을 뻔했다…… 휴. 하루 종일 뛰어도 다 뛰지 못할 만큼의 댓글이 달렸을 때는 달릴 엄두도 나지 않았다. 그래도 힘들 땐 무작정 달리는 것을 추천한다. 이건 장담하건대 내가 효과를 봤다!

나한텐 맘 편하고 속 편하게 사는 데 긍정적인 마인드가 확실히 도움이 됐다. 하지만 다시 처음으로 돌아가 '긍정적이려면 어떻게 해야 하나요?'라는 질문을 받을 때, 나는 가끔 사람들이 왜 이런 걸 궁금해하는지 궁금해진다. '왜 긍정적이고 싶어요? 왜 꼭 긍정적이어야 할까요?' 인생을 살아가는 태도에는 여러 가지가 있을 것이다. 어쩌면 사람마다 다 다른 태도를 가졌을지도 모른다. 좀 더 비판적일 수도 있고, 비관적일 수도 있다. 어쩌면 긍정은, 좀 과대평가됐을지도 모른다.

나는 구독자들에게 함부로 '긍정적으로 생각하세요'라는 말은 하지 않는다. 나는 속 편하게 긍정적인 사람이 되어놓고 이런 소리를 하는 이유는, '긍정의 덫'에 또다시 자신을 가두지 않길 바라서다. 간혹 '저도 새벽 님처럼 긍정적이고 싶은데 그게 쉽지 않아요……'라며 고민을 털어놓는 사람들이 있다. 나를 보면서 긍정적이어야 한다는 압박감을 느끼지는 않았으면 좋겠는데……. 이런

나는 구독자들에게 함부로
'긍정적으로 생각하세요'라는 말은 하지 않는다.
이런 사람도 있고, 저런 사람도 있는 법.
뭐든 틀린 건 없다.
'이래야 한다. 저래야 좋다' 하는
온갖 기준에서 좀 더 벗어나 보는 건 어떨까.

사람도 있고, 저런 사람도 있는 법. 긍정의 덫에 발을 올리기 전에 나는 어떠한 사람인지, 나라는 사람이 가진 장점은 무엇인지 먼저 살펴볼 필요가 있다. 뭐든 틀린 건 없다. '이래야 한다, 저래야 좋다' 하는 온갖 기준에서 좀 더 벗어나 보는 건 어떨까?

나는 너무나 미성숙하고 불완전한 인간이기 때문에 누군가에게 인생의 태도에 대해 말하기엔 자격도 없고 자신도 없다. 그저 나를 보고 사람들이 잠시 기분 좋아질 수 있다면, 잠시 미소 지을 수 있다면 참 좋겠다. 그렇게 보다가 어느새 좀 더 긍정적으로 변해 있어도 좋을 것이다. 그렇지 않더라도 '저걸 저렇게 긍정적으로 생각할 수도 있구나'라는 생각이 든다면, 그것도 좋다. 결론을 내고 보니 역시 난 좀 긍정적인 것 같기는 한데, 다시 말하지만 긍정적이어도, 그렇지 않아도, 우리는 괜찮다!

믿어,
나의 새벽은 지금부터 밝을 거야

×

3차 항암치료가 끝났을 때 기쁜 소식을 들었다. 종양이 많이 줄어서 6차까지만 해도 될 것 같다는 말이었다. 호전되었다는 말을 들으니 기쁘면서도 마음 한구석이 좀 이상했다. 초반에 내가 항암치료를 받게 되었다고 했을 때 나와 비슷한 병을 앓는 환자분들이나 그 가족분들이 정말 많이 위로해주었다. 그런데 내가 빨리 나아가니 괜히 미안했다. 댓글을 보며 항상 같이 이겨간다는 생각을 했었는데 나만 혼자 나아서 쏙 빠져나가는 기분이어서. 이상한 생각이란 걸 잘 알지만 죄송스러웠다. 그때 언니가 "너도 아직 다 나은 건 아니야"라고 했는데, 정말 그랬다.

6차까지 치료가 끝나고 시티 검사를 했다. 검사 결과를 보러 가는 길, 엄마와 언니 그리고 나는 많이 들떴다. "완치됐습니다"라는 말을 들을 수 있겠지. 가는 길부터 브이로그를 찍기 시작했다. 다나은 것처럼 신이 나서 촬영을 했다. 완치되면 부모님과 속초로 효도 여행이란 걸 가보려고 숙소도 예약해놓았다. 팬밋업도 계획해 두었다.

이 모든 설레발이 무색하게, 의사 선생님은 전혀 예상하지 못했던 말을 전했다. 종양이 줄지 않았단다. 더 이상 시중에 있는 약은 안 들으니 더 큰 병원으로 옮기라고 했다.

"시중에 정주 씨한테 쓸 수 있는 약이 없어요. 임상실험 중인 약이 두 가지 있는데 첫 번째 약에 좀 더 기대를 걸고 있어요. 첫 번째 걸 먼저 써보고 두 번째 것까지 안 들으면 예후가 안 좋아요. 더 이상 약이 없으니까."

'예후가 안 좋다.' 그 말을 듣고 나니 처음으로 죽음이 가깝게 느껴졌다. 무서웠다. 이러다 진짜 죽는 거 아냐? 물론 힘들었다. 그런데 이때의 힘듦도 3일을 넘기지 못했다. (새벽의 좌절삼일 법칙 잊지 않았죠?) 약이 없는 건 아니니까. 한 번 더 해보자.

솔직히 나보다 구독자들이 더 걱정됐다. 치료가 끝났다는 영상 올릴 수 있을 줄 알았는데…… 구독자들한테 차마 다시 안 좋아졌다는 말을 할 수가 없었다. 그동안 나의 치료 과정을 보는 분들이 "새벽 님처럼 활기차게, 긍정적으로 생활하니까 빨리 낫는가 봐요"라고 했었기에, 환자 가족들도 내 영상을 보고 희망을 얻었다는 이야기를 전해주었기에, 빨리 낫는 걸 못 보여주는 것도 너무 미안했다. 나를 보고 긍정적으로 생각하기 시작했다면 계속 그랬으면 좋겠는데 혹시 누군가가 멈출까봐. '역시, 안 돼'라고 생각할까봐. 내 영상을 보면서, 또 호전된 모습을 보며 희망을 얻기를 바랐는데……. 혼자 쏙 나아버리는 것도 미안했는데 빨리 낫지 못한 것도 미안하다니 정말 나도 나를 모르겠다.

그러는 사이에 첫 번째 약도 잘 들질 않았다. 그래서 두 번째 약으로 치료해보기로 했다. 한동안 속앓이를 하다가 겨우 영상에서 이런 경과에 대해 사실대로 이야기를 했다. 많은 분이 궁금해할 텐데 계속 감추고 있기도 마음이 불편하고 무거웠기 때문이다. 치료를 다시 시작했다는 영상을 찍기까지 고민이 길었다. 그러면서 다짐했다. '꼭 보여줘야지. 치료 과정이 뒤틀려도 잘 지낼 수 있고, 언젠가 나을 수 있다는 거 내가 꼭 보여줘야지.'

긍정의 힘으로 병마와 싸워 이기는 동화 같은 해피엔딩을 누구나 보고 싶어 한다. 하지만 아직 엔딩은 아니다. 처음에 비해 종양이 4센티미터나 줄었으니 좋아진 건 사실이다. 그냥 기대처럼 '짠' 하고 없어지지 않아서 조금 낙담한 것뿐이다. 암 이것들, 나타날 때는 '짠' 하고 잘만 나타나더니. 세상이 그리 녹록지 않다는 걸 내가 잊고 있었나 보다.

어차피 나을 거 좀 돌아간다고 해서 뭐가 그리 큰일일까. 지금까지의 내 인생이 그래왔듯 나는 거저 얻는 건 하나도 없었다. 역경을 딛고 일어나야 결과가 더 빛난다는 것도 난 이미 알고 있다. 더 드라마틱한 이야기로 만들어주려고 그러나 보다. 두 번째 약으로 치료받을 일도 기대되고 설렌다. 내가 안 해본 치료니까. 이번엔 어떤 치료일까?

사실 처음 약이 효과가 없다는 이야기를 들었을 때 힘들었던 3일 동안 일기에 유서를 썼다. 그리고 다음 장에는 '이런 일기는 오늘까지만 쓰겠다'고 적었다. 그다음 장부터는 '미래에 쓰는 일기'를 썼다. 치료를 종결한 바로 그날을 상상하면서 생생하게 써놓는 거다.

'오늘은 날씨가 너무 추웠다. 그래서 카페에 들러 차를 한잔 마셨다.'

일기는 이렇게 시작해서 그날 뭘 했는지, 누가 축하 전화를 해줬는지 등을 아주 세세하게 묘사했다. 이 병이 낫는 날, 나는 그저 평범한 일상을 누리고 싶다. 가족과 소중한 사람들과 도란도란 밥을 먹는 것, 그것으로 충분하다. 나에게 행복이 뭐냐고 물으면 딱 그거니까. 사랑하는 사람들이랑 맛있는 걸 먹는 것. 이건 '소확행'이 아니라 '태(太)확행'이다.

다시 생생한 주문을 떠올리려고 노력한다. 어떻게든 될 거라는 근거 없는 자신감. 주문을 걸고 희망을 품는 훈련도 나는 평생 아주 많이 해왔다. 하지만 병이 나을 거라는 건 워낙 믿어 의심치 않기 때문에 "나는 꼭 나을 거야"라고는 말도 하지 않는다. 그건 너무 당연한 일이니까. "이따 해가 뜰 거야"라고 새삼스럽게 말하지는 않으니까. 해는 뜰 것이다. 그리고 나의 새벽은 곧 밝아올 것이다.

"나는 꼭 나을 거야"라고는 말도 하지 않는다.
그건 너무 당연한 일이니까.
"이따 해가 뜰 거야"라고
새삼스럽게 말하지는 않으니까.
해는 뜰 것이다.
그리고 나의 새벽은 곧 밝아올 것이다.

우리는 우리 생각보다 더 강합니다

이제 고작 서른 해를 살았는데 참 많은 일을 겪었습니다. 앞으로 더 많은 일을 겪게 되겠죠. 힘든 일을 겪을 때마다 어떻게든 살아 보려고 저는 '긍정'이라는 갑옷으로 제 자신을 휘감았는지도 모릅니다. 그런데 그런 내 모습에 용기를 얻은 사람들이 있다네요? 생각지도 못한 일이었어요.

예전에는 화장품이나 메이크업에 대해 묻던 사람들이 저에게 인생에 대한 질문을 해옵니다. 나는 그렇게 생각이 깊거나 철학이 있는 사람이 아닌데, 그분들의 고민에 명답을 줄 만한 깜냥이 못 되는데, 두렵기도 합니다. 말 한마디 발 한 걸음 떼기가 어려워졌습니다.

저는 아직도 철이 안 들었고 부족한 사람입니다. 그래서 실수도 많이 했고 미숙한 모습을 보여드린 일도 많았어요. 그런데 선뜻 '앞으로 엄청 성숙한 모습을 보여드리겠습니다'라고 말하지는 못하겠어요. 아직도 제가 더 배워야 할 것이 너무 많고 갖춰야 할 것도 너무 많습니다. 아마 끝이 없을지도 모르겠어요. 하지만 제가 약속드릴 수 있는 건 좌충우돌하고 깨지는 과정에서 아주 조금씩이라도 성장할 거라는 것입니다. 지금까지 그것 하나는 자부할 수 있고 앞으로도 그럴 거예요. 지켜봐 주세요.

암은 짧다면 짧은 제 인생에서 최대의 위기인 게 분명합니다. 그런데 그 위기가 많은 새로운 기회를 가져다주었어요. 일련의 사건을 겪으며 얻은 가장 큰 수확은 내가 얼마나 강한 사람인지 알게 되었다는 것입니다. 생각보다 저는 훨씬 더 강했어요. 위기와 고난의 시간이 없었다면 내 속의 강함은 그대로 묻혀 말랑해졌을지도 모릅니다. 위기라는 녀석을 깨보았더니 그 안에 기회라는 녀석이 반짝 빛나고 있었어요.

상상하지 못했던 일들이 계속해서 일어났습니다. 여러 곳에서 강연도 하게 되었어요. 많은 사람 앞에서 말하는 게 무척 떨리지만 공감하는 관객의 눈빛이나 끄덕임을 보고 박수를 받으면 저도 위로받는 기분이 들었어요.

그러면서도 제 머릿속에선 계속 걱정과 불안이 따라다닙니다. 내가 뭐라고, 이런 이야기를 할 자격이 될까? 게다가 제가 무슨 긍정의 아이콘처럼 되어서 내가 하는 이야기가 오히려 부담을 주지 않을까 하는 걱정도 있어요. 내 이야기를 듣고 나도 긍정적이어야 하는데, 나도 강해져야 하는데, 하고 고민하는 사람이 혹여나 있지 않을까 해서요. 그렇지만 항상 긍정적이고 강한 사람이 어디 있나요? 사람은 그리 단순하지 않잖아요.

그런데도 사람들 앞에서 내 이야기를 하고 이렇게 책까지 쓴 이유는 강요하기 위해서가 아니라 내 경험을 공유하기 위해서입니다. 다른 환자들의 이야기를 보며 저도 힘을 얻을 때가 많거든요. 그러면서 내 이야기도 누군가에게 위로가 되고 용기를 주었으면 좋겠다는 생각을 했습니다.

저는 아직 치료 중입니다. 그리고 앞으로도 위기가 찾아오겠죠. 때론 실패하고 좌절하고 쓰러지기도 할 거예요. 하지만 내가 강하다는 걸 알게 되었으니 일어설 수 있으리라 믿습니다. 저는 위기를 넘어설 준비가 되어 있어요. 예전과 다름없는 일상을 이어가고 치료도 하면서 하루하루를 쌓아나갈 것입니다. 그리고 내 안의 강함을 계속해서 찾아갈 것입니다. 여러분도 자기 안의 강함을 찾기를 진심으로 응원합니다.

오늘 이 슬픔이 언젠가 우릴 빛내줄 거야

초판 1쇄 발행 2020년 4월 10일 **초판 2쇄 발행** 2021년 7월 1일

지은이 새벽
펴낸이 이승현

편집2 본부장 박태근
스토리 독자 팀장 김소연
편집 이은정
디자인 윤정아

펴낸곳 ㈜위즈덤하우스 **출판등록** 2000년 5월 23일 제13-1071호
주소 서울특별시 마포구 양화로 19 합정오피스빌딩 17층
전화 02) 2179-5600 **홈페이지** www.wisdomhouse.co.kr

ⓒ 새벽, 2020

ISBN 979-11-90630-99-3 03810